LA
DAMA
DE,
CEILÁN

1.ª edición: febrero de 2023

© Del texto: Ana Alcolea, 2023
© De la ilustración de cubierta: David Guirao, 2023
© De esta edición: Grupo Anaya, S. A., 2023
Juan Ignacio Luca de Tena, 15. 28027 Madrid
www.anayainfantilyjuvenil.es

PAPEL DE FIBRA
CERTIFICADA

Ana Alcolea

LA DAMA DE CEILÁN

ANAYA

«El mar era para él una idea.
O, mejor dicho, un recorrido de la imaginación».

ALESSANDRO BARICCO, *Océano Mar*

1

Fernando camina por el borde del acantilado con la mochila a su espalda. Le parece que hoy pesa más que nunca. Hay días en que la mochila de la vida es más densa, húmeda y cargante que otros. El mar repite su rutina una y otra vez. Una ola, otra y otra. Luego una más alta y más ruidosa. Cada siete olas, hay siempre una más elevada y más sonora. Fernando piensa que los movimientos del mar son como las escalas musicales: las notas van de siete en siete, igual que las olas, que los colores del arcoíris, los días de la semana, las pléyades y los enanos de ese cuento que no le gusta nada.

A lo lejos ve un barco que navega muy despacio hacia el horizonte. El chico piensa que seguramente irá a alguno de esos lugares que en los mapas no son nada más que puntos, líneas o superficies trazadas por una mano experta en dibujar. Piensa también que los humanos hemos reducido el mundo a formas geométricas, a números, a matemáticas. Y a él no se le dan bien las matemáticas. Las suspendía todos los cursos y las aprobaba *in extremis* en el último examen gracias a los profesores particulares que le pagaban sus padres para que pudiera tener un verano libre de cargas académicas. Desde que ha podido elegir, ya no estudia matemáticas. Se las deja a los demás, y él se dedica a otras cosas. Aunque no puede evitar utilizarlas en sus pensamientos porque sabe que la realidad está construida con números.

Se sienta sobre una piedra y abre la mochila. Saca un bocadillo de queso y lechuga, y el termo en el que aún se conserva el té caliente. Vierte el líquido humeante en la taza de plástico y comprueba que el sabor es diferente en porcelana, en cristal o en plástico. Intenta desechar el pensamiento porque le parece que acaba de hacer una reflexión de niño pijo y él no quiere creer que lo sea. Le gustan las cosas hermosas, es observador y cree que no todo tiene el mismo valor, pero a veces preferiría no ser tan exquisito en sus apreciaciones. Querría ser como los demás, pero no lo es. Tampoco es como los demás creen que es. Ni siquiera él sabe cómo es: a veces piensa una cosa y luego la contraria. Piensa que la realidad y el pensamiento son como las olas del mar, que parecen iguales, pero no lo son. Si uno observa bien, se da cuenta de que nunca se repite la misma ola. Eso piensa Fernando mientras mira, escucha al mar y se come el bocadillo de queso con lechuga.

El barco se ha hecho tan pequeño que apenas es un punto en la inmensidad azul. Fernando piensa en las vidas de los tripulantes de la nave, que pasan meses enteros sin apenas entrar en puerto, metidos entre máquinas grasientas y conviviendo en estrechos pasillos y en camarotes minúsculos por debajo de la línea de flotación; sin ventanas con vistas, y apenas una lámpara eléctrica para poderse mirar en el espejo cada mañana y afeitarse sin cortarse la piel. Seguramente tendrán wifi y podrán comunicarse con sus familias, que siguen viviendo en otros continentes y que dependen del sueldo que ganan ellos entre fogones y contenedores en medio del mar. Pero antes no había wifi, ni teléfonos, ni nada de nada. Los marinos se embarcaban y no regresaban a sus casas hasta a lo mejor dos años más tarde, después de haber surcado océanos en medio de tormentas, desembarcado y cambiado cargamentos en puertos del medio mundo donde se habían emborrachado en tabernas que siempre recibían a marineros que olían a sudor y a salitre. Siempre los mismos y siempre diferentes. Marineros que caminaban por las estrechas callejas de ciudades oscuras, donde los criminales les dejaban pasar a cambio de cajetillas de tabaco o de una botella de ron barato.

Fernando piensa que no le habría gustado ser marino en aquellos tiempos pretéritos en los que no se podía estar permanentemente conectado con el mundo y en el que todo parecía una aventura en blanco y negro. Él no tiene espíritu aventurero y prefiere la tierra firme desde la que contempla el mar en el que el barco ha desaparecido ya de su vista. El barco con su tripulación, con su carga de petróleo, o de pescado, o de coches, o de coles, o de armas o de bolígrafos con tinta azul marino.

Recoge y cierra la mochila, se pone en pie y continúa su caminar por el borde del acantilado. Piensa en su madre, que le advertiría:

—No vayas por ahí, no te vayas a caer.

Y en su padre, que le diría:

—Siempre eliges el camino más difícil, a lo mejor podías alejarte un poco del borde.

Lo que vendría a ser lo mismo. Pero él se siente seguro, pisa fuerte y los bastones le ayudan a no perder el equilibrio en ningún momento. Nunca había caminado con palos, le parecía que era cosa de viejos, pero desde que los ha probado se siente mejor: mueve todo el cuerpo con ellos, y, cuando sube o baja por sendas hechas de piedra y raíces de árboles, mantiene el ritmo y no tiene que ayudarse con las manos.

El sol empieza a bajar y debe llegar al lugar donde va a pasar los siguientes días. No es la primera vez que va allí, pero sí la primera en la que no se va a alojar con el resto de la familia. Ve el faro al final del cabo al que está a punto de llegar. Nunca había llegado caminando y la sensación es muy diferente a otros veranos cuando han ido en coche sus padres, su hermana pequeña y él. Una nube ha escondido el sol y le ha traído un viento fresco que le ha revuelto el pelo y le ha hecho estornudar. Debe darse prisa en bajar hasta el faro antes de que anochezca.

2

Cuando está a punto de llegar, ve la silueta de un hombre sentado en una roca. Debe de ser el farero, piensa. Lo llaman así, pero no lo es. Vive en el faro, pero ya hace años que todos los faros están automatizados y funcionan a través de ordenadores controlados desde la comandancia de marina a varios kilómetros de distancia. Pero el viejo Baltasar sigue viviendo en el que fue el hogar que lo vio nacer, hace ya más de ochenta años. En verano alquila las habitaciones de la casa colindante que construyó su padre cuando la familia empezó a crecer. Con el dinerillo extra compensa su exigua pensión y ayuda a dos sobrinos suyos que viven en la ciudad y que no han encontrado trabajo a pesar de haber terminado una carrera y dos másteres cada uno. Fernando ve el humo que sale de la pipa que tiene el hombre en la mano. Se la lleva a la boca solo para mantener el fuego y que siga saliendo humo, pero no fuma. Hace años que dejó de hacerlo, cuando el médico le dijo que si continuaba fumando se moriría más pronto que tarde. Ese día tiró cinco de las siete pipas que había comprado en diferentes lugares del mundo. Solo guardó dos, que iba intercambiando cuando

11

salía a la hora del crepúsculo a ver acostarse al sol y se calentaba la mano con el calor del rescoldo que traspasaba la madera. En realidad, lo que le gustaba era la forma de la pipa en su mano y el humo, que le recordaba al que salía de las chimeneas de los navíos en los que había trabajado durante su juventud. Buques que ya no existían, y que habían acabado desguazados en alguno de esos inquietantes cementerios de barcos que ve, de vez en cuando, en algún documental de televisión.

—Ya creía que no llegarías hoy —le dice a Fernando en cuanto lo tiene cerca.

Querrían darse la mano para saludarse, pero no lo hacen porque ya se ha perdido la costumbre desde la pandemia.

—Has crecido mucho desde el año pasado, muchacho.

—Doce centímetros exactamente —le contesta. No puede evitar los números.

—Ya eres más alto que yo. Yo voy menguando cada año un poco más. ¿Sabes en qué lo noto?

—¿En qué?

—En que tengo que estirar mucho el brazo para encender el interruptor de la luz de la entrada del faro. Antes lo alcanzaba sin dificultad; ahora apenas llego.

Fernando sonríe y se acuerda de que su abuela repetía más o menos las mismas palabras que Baltasar. El recuerdo de su abuela vela su sonrisa porque cuando murió no se pudo despedir de ella.

—Tendrás hambre, ¿no?

—He comido un bocadillo hace poco —contesta.

—Un bocadillo no es comida para un chico de tu edad. Tienes que comer con fundamento. He preparado una pasta con las almejas que he cogido esta mañana durante la marea baja. Deja esa mochila en tu habitación y lávate las manos. Cuando acabes, cenamos.

El farero siempre cenaba con sus clientes, lo que daba un carácter especial, diferente, personal, a las vacaciones. No era lo mismo estar allí que en un hotel en el que los camareros son corteses porque lo tienen que ser. Estar en el faro con Baltasar tenía el «plus» de convivir con él, con su pipa humeante, y con sus historias, de las que nadie sabía si eran ciertas o inventadas.

—Esta vez tienes toda la casa para ti. No he querido coger más reservas este mes. Me canso de dar conversación a gente diferente cada semana.

—Podría dejar que cada uno se hiciera la comida y comieran por su cuenta —le sugiere Fernando cuando vuelve después de asearse.

—En mi cocina no entra nadie más que yo —afirma tajante mientras coge la pasta de una cacerola de aluminio que ha conocido mejores tiempos. Fernando la recuerda de otros veranos y también recuerda lo que Baltasar cuenta siempre sobre ella—. Sobrevivió a dos bombardeos.

3

Y es que la cacerola es casi el único resto que queda del ajuar de la madre de Baltasar. La cacerola, el azucarero y la espumadera de aluminio resistieron los dos bombardeos sobre el pueblo durante la Guerra Civil. El resto desapareció entre los escombros. Cuando sus padres se trasladaron al faro en el 42, se llevaron consigo lo poco que había quedado de su vida tras la contienda: dos hijos pequeños y los tres objetos de metal. De la vajilla no quedó nada, ni del hijo mayor tampoco: voló por los aires en el primer bombardeo cuando todavía estaba en la cuna. En el 37 llegó una hija y en el 39 nació Baltasar, en una noche en la que volvieron a caer bombas. Los gritos de su madre al parir se confundían con los de las vecinas que huían al refugio para huir del peligro.

—Yo también sobreviví a dos bombardeos —dice, al tiempo que enrolla los espaguetis en el tenedor.

—Recuerdo que nos contó el año pasado que nació durante un bombardeo al final de la guerra.

—Sí. Y luego pasé por otro en Indochina. Ahora come, que se ve a enfriar. ¿Está buena la pasta con las almejas?

—Deliciosa, Baltasar. Muy rica. Y sin arena. A mi madre siempre le queda algo de arena cuando compra almejas.

—Hay que dejarlas un par de horas metidas en un cuenco con agua de mar. Ese es el truco para que pierdan toda la arena. Los que vivís en la ciudad no sabéis muchas cosas.

—Sabemos otras diferentes —replica el chico—.

Baltasar se lo queda mirando en silencio mientras vuelve a enroscar pasta en el tenedor. Tiene en hacerlo una habilidad que Fernando no ha visto en nadie jamás. Le gusta contemplar el tenedor en sus manos huesudas, magras, oscuras y arrugadas por el sol y el salitre marino. El metal brilla entre sus dedos como un rayo de luna en el mar nocturno.

—Comer pasta tampoco se te da muy bien —comenta Baltasar al ver que los espaguetis se le escurren todo el tiempo a Fernando.

—Prefiero los macarrones.

—Todos los niños prefieren los macarrones, con tomate y atún. Un aburrimiento. Y la mayoría hace un ruido insoportable al pincharlos en el plato. Odio el sonido de las púas de los tenedores en los platos. Me recuerda a un tipo que conocí en un barco hace ya muchos años. Pero esa es una historia que tal vez te contaré en otro momento. Ahora hay que dormir. Puedes elegir la habitación que quieras. Ya te he dicho que no tendrás compañía en la casa todos estos días. No te dará miedo quedarte solo, ¿verdad?

Fernando no había dormido solo en una casa jamás, y no se había planteado si tendría miedo o no. En cualquier caso, y si lo tenía, no pensaba decírselo a Baltasar.

—No, claro que no.

—Aquí no va a venir nadie, puedes estar seguro. Además, si se acerca alguien, nos avisará Escipión.

Escipión es el perro de Baltasar. Tiene el nombre de un general romano porque a su dueño le gustan mucho las historias de romanos y de cartagineses.

—No lo he visto, ¿dónde está?

—Duerme en el piso de arriba. Está viejo, como yo, y prefiere la parte alta del faro, la que más lejos está de la tierra en la que acabará cuando muera. Hace varios meses que prefiere la zona alta para dormir, le debe de parecer que estando más lejos del suelo vivirá más tiempo.

—O a lo mejor es que siente que se va acercando al cielo.

—No creo que haya un cielo para los perros —dice Baltasar.

—¿Y por qué no?

—Habría demasiado ruido. Los perros ladrarían y nadie estaría tranquilo. Y dicen que el cielo es un lugar de paz y tranquilidad. No los dejaría entrar el portero, San Pedro, que es el que tiene las llaves del Paraíso. No. No creo que los dejen entrar —afirma, mientras le guiña un ojo a Fernando.

En realidad, Baltasar no cree ni en el cielo ni en el infierno. Opina que tanto el uno como el otro están en la cabeza de cada uno, y, en todo caso, en la vida que a cada cual le toca vivir.

—De todos modos, ya sabes dónde estoy. Que descanses.

—Igualmente, Baltasar. Que pase buena noche.

—Yo no paso buenas noches desde hace ya muchos años. Con despertarme mañana me conformo.

4

Fernando entra en la casita y se acomoda en la última habitación, que es la que ha venido usando todas las veces que ha estado alojado con su familia. Es su preferida porque es la que tiene una ventana desde la que se ve el mar abierto, sin costa que le recuerde que está en tierra. Cuando mira a través de esa ventana, le parece que está en un barco inmóvil. De pequeño jugaba a imaginarse dentro de un barco pirata, con un capitán tuerto, con pata de palo y con un loro en el hombro, como los de los libros y las películas. Luego pensaba en un navío de tres chimeneas como el Titanic, con caballeros elegantes que comían con cubiertos de plata al lado de mujeres ataviadas de encajes y adornadas con tiaras de diamantes. Ahora solo se imagina un barco mercante, con la pintura oxidada y con tripulantes que hablan lenguas que no entendería por muchos años que se dedicara a estudiarlas.

Se sienta en el borde de la cama y, por primera vez, saca el móvil de la mochila. En el faro no hay wifi y tendrá que gastar datos. Esa es una de las razones por las que ha venido: no podrá estar todo el día y toda la noche enganchado. Hay tres wasaps de su madre. Le contesta y le dice que ha llegado ya, pero que ha estado cenando con Baltasar y que por eso no le ha respondido. También le escribe que está en su habitación de siempre y que no hay nadie más. Su madre le contesta con un «Estupendo. Cuídate mucho y dale nuestros recuerdos a Baltasar». Se levanta para ir al baño y darse una ducha. Se mira en el espejo. El aire del mar y el sol le han quemado la piel, a pesar de la crema con protección 30 que se ha puesto por la mañana y a mediodía. Después de ducharse se seca el pelo con la toalla. Ante el espejo ve sus cabellos revueltos y se acuerda de las pintas que tienen él y sus compañeros en las duchas comunes del gimnasio del instituto y del vestuario del pabellón deportivo.

Se acuesta con la luz apagada. La linterna del faro hace su recorrido en círculo; cada doce segundos su rayo entra a través de la ventana abierta del cuarto y termina en la cara de Fernando, en su boca y en sus ojos abiertos. Le gusta esa sensación desde la primera vez que durmió en esa habitación, cuando tenía siete años. Entonces le parecía que la luz era la visita de un fantasma dorado y silencioso. Cuando en el colegio leyó «El rayo de luna» de Bécquer no le extrañó que Manrique confundiera el fulgor de la luna con el vestido vaporoso de una bella mujer. El rayo del faro no era un rayo de luna, pero surtía en él el mismo efecto fascinador.

Despierta en medio de la madrugada. Le parece haber oído un ruido. Se levanta y se encamina hacia la puerta. La había dejado abierta y el viento ligero de la noche la ha estado batiendo contra el dintel. Coloca el felpudo para que la puerta no se cierre ni haga ruido, y sale a contemplar el faro y el vuelo circular del haz luminoso. El mar se oye apenas. Las olas siguen su monótono caminar de ida y vuelta casi en silencio. Hay que afinar mucho el oído para escucharlas: solo la séptima de cada serie sube ligeramente el volumen. Series de siete olas. Doce segundos para que la luz dé su vuelta en su tarea de iluminar una pequeña parte del mundo. De nuevo los números componen la realidad. Le han dicho que la música es pura matemática, pero él no se lo cree. Tiene intuición musical y entiende bien una partitura, en la que hay signos que miden el tiempo. Es cierto, sí. Pero en la música todo ocurre en dos dimensiones, tiempo y espacio, como la luz del faro, como el movimiento de las olas, como la vida: todo es espacio y tiempo.

De pronto, nota un roce en su pierna izquierda. Escipión se ha acercado a Fernando sigiloso, como si no quisiera disturbarlo con su presencia.

—Eh, hola. ¡Cuánto tiempo sin verte! ¡Antes no has salido a saludarme! ¿Ya no te acuerdas de mí?

El perro mueve el rabo de un lado a otro y jadea. Aunque apenas hay luz, Fernando se da cuenta de que en un año ha envejecido como si hubieran pasado quince.

—No habrás despertado a Baltasar, ¿eh? Vamos, vuelve adentro. Todavía no ha amanecido. Tenemos que dormir.

Escipión regresa al faro, cuya puerta está abierta. A Baltasar le gusta dormir con el portón abierto. Nadie sabe por qué, pero siempre ha sido así.

Fernando también vuelve a su cama y se queda dormido enseguida. Sueña con fórmulas matemáticas, con viejos perros vestidos de carnaval y con sirenas que cantan un rap mientras bailan una danza imposible con su cola de pez.

5

Por la mañana lo despierta la voz cavernosa de Baltasar acompañada por los ladridos fatigados de Escipión.

—Vamos, muchacho, que ya es hora de desayunar. He hecho unos huevos fritos que se van a enfriar.

Fernando desearía seguir durmiendo. Está de vacaciones y no le gusta que lo despierten. Ve el móvil en la mesilla, pero no lo toca. Remolonea en la cama hasta que al fin decide no hacer esperar más a Baltasar y al perro. Los ve a los dos en la puerta de su habitación y le da la impresión de que los rostros de ambos se parecen. Tantos años de convivencia han hecho que uno y otro compartan sensaciones y gestos. Se sonríe ante la ocurrencia.

—Buenos días. ¿Qué tal, Escipión? Estaba cansado de la caminata de ayer y quería dormir más —dice, mientras acaricia el lomo del animal.

—Ya has dormido lo suficiente. Se va a enfriar el desayuno —refunfuña el farero y se aleja de la puerta mientras le habla al perro—. Estos chicos de hoy en día no saben lo que es madrugar.

Cuando entra Fernando, en el faro huele a aceite frito, un olor que en su casa nunca hay porque su madre odia los fritos y ventila la cocina con las ventanas abiertas de par en par siempre que cocina y a pesar del extractor de aire.

—¡Qué buena pinta!

—Dos huevos fritos de las gallinas del granjero de ahí detrás y un trozo de panceta de la que me regala mi sobrina, que tiene una granja en el interior.

—Beicon, qué bien huele —dice el chico.

—Beicon no, panceta. Lo de decir «beicon» es una gilipollez urbana.

Fernando sabe que Baltasar a veces dice cosas inconvenientes; no le gusta la gente que vive en la ciudad, pero se aprovecha de la necesidad de vacaciones tranquilas y alejadas del ruido que tienen los habitantes de las urbes. No le replica. No ha venido para discutir. Además, piensa que Baltasar tiene razón. Lo natural no es vivir todos apiñados en bloques de cemento, a decenas de metros de distancia del suelo. Lo natural es convivir con la tierra. Y con el mar.

Comen el desayuno en silencio, mientras Escipión los mira expectante. Siempre se escapa algo que le sirve de postre: un trozo de pan untado en aceite, una piel de albaricoque, la corteza de la panceta remordida por los hombres, demasiado dura para tragarla y que acaba en el estómago del perro.

—¿Tienes algún plan para hoy? —pregunta el farero.

—Había pensado dar un paseo por la playa en la marea baja. Tal vez coger almejas.

—Yo voy a salir en el barco a pescar un rato. Está el día claro y la mar serena, seguro que entra alguna sardina y algún pulpo. Si te apetece venir conmigo, estás invitado.

Aquella era la primera vez que Baltasar le ofrecía acompañarlo en su pequeño bote de pesca.

—No dejo que nadie entre en La Dama de Ceilán. Escipión ha tenido ese privilegio muy pocas veces. Además, no le gusta el agua salada. Y desde luego, a ninguno de los visitantes les he dejado nunca subir a bordo; pero si quieres acompañarme, hoy haré una excepción contigo.

—¿La Dama de Ceilán? —pregunta el muchacho.

—Es el nombre de mi barco. Un nombre tan viejo como él. Lo compré cuando dejé de ser marino y me hice cargo del faro, allá por los años setenta. La Dama de Ceilán… —repite, y Fernando nota un eco de nostalgia en su voz cuando pronuncia el nombre del barco.

El chico cuenta las sílabas golpeando su muslo con los dedos de su mano derecha: «la-da-ma-de-cei-lán», seis, pero como la última es aguda, se le suma una más, siete. El nombre del barco forma un verso heptasílabo.

—«La Dama de Ceilán» es un verso heptasílabo.

—Un verso ¿qué? —Baltasar está fregando los platos y el ruido del grifo no le deja oír bien.

—Heptasílabo, que tiene siete sílabas.
—Ah. Pues no sé. No estaba haciendo poesía cuando lo bauticé.

6

Bajan los tres al pequeño muelle en el que está amarrado el barco. No es tan grande como Fernando lo recordaba: apenas cinco metros de eslora, y una cabina en la que no cabría un tercer tripulante. Menos mal que Escipión se queda en tierra. A diferencia de la cocina del faro, que necesitaría una limpieza a fondo y una mano de pintura, La Dama de Ceilán luce limpia y recién pintada. Blanca y amarilla, con una raya azul y otra negra en el borde, y dos ojos vigilantes a babor y a estribor junto a la proa.

—Son los ojos de Osiris —explica el viejo—. Protegen la embarcación de los monstruos marinos y de las embestidas de las olas.

—Supersticiones en las que ya no cree nadie —protesta Fernando.

—Los fenicios y los griegos, que sabían del mar más que tú, pintaban ojos en sus barcas para protegerlas. En la isla de Malta todos los pescadores mantienen la tradición. Cada vez que desembarcábamos en La Valletta me fijaba y me decía: «Si algún día tengo un barco propio, tendrá ojos».

—Pero no estamos en Malta. Nadie pinta ojos en los barcos.

—¿Y a mí qué más me da lo que hagan los demás? La Dama de Ceilán siempre ha tenido esos ojos verdes, que le repaso cada año para que no pierdan su luz. Ya no fabrican el mismo color con el que los pinté la primera vez. Nada es como era hace años. Ni el verde, ni yo. Ni siquiera el mar.

—El mar siempre es el mismo.

—El mar no siempre es el mismo, muchacho. El mar era joven cuando yo era joven. Me llevaba a recorrer el mundo, me enseñaba lugares hermosos, playas con arenas blancas y palmeras espigadas que llegaban a las estrellas.

—Ninguna palmera llega tan alto —replica el chico.

—En mi imaginación de entonces llegaban hasta donde yo quería. Ahora ya sé que no llegan a ningún sitio. Están quietas, ancladas a la tierra, como yo. Yo ya no llego a ningún sitio.

Después de deshacer los nudos y liberar el barco del noray, Baltasar enciende el motor. El olor a gasoil se mezcla con el del agua salada. Escipión emite un par de ladridos cuando los ve alejarse, y enseguida se da la vuelta para regresar al faro. Fernando está sentado en la borda, y el viejo coge el timón con ambas manos. Se ha calado una gorra de capitán, que le hace parecer mucho más joven.

El ruido del motor tapa sus voces, así que deciden quedarse callados. Fernando mira hacia atrás y observa el faro, que cada vez se va haciendo más pequeño, igual que la caseta en la que está su ropa y todo lo que ha sacado de la mochila. Piensa que la distancia hace que todo empequeñezca, hasta los recuerdos.

Navegan unos minutos hasta que el capitán para el motor.

—Ya hemos llegado —dice—. Aquí encontraremos algo. Por esta zona suele haber pulpos. Un buen pulpo a la gallega con patatas del huerto y pimentón de la Vera es de lo mejor que se puede comer en este mundo.

—Está hecho un cocinillas.

—Mejor para ti —responde y guiña un ojo a Fernando.

Lanza por estribor una especie de red en forma de cilindro, y se sienta junto al chico. Saca la pipa y la enciende.

—Fumar es malo —afirma el hombre.

—Entonces, ¿por qué fuma?

—No fumo. Solo soplo para mantener la pipa encendida. Me gusta tenerla en las manos y ver las formas que crea el humo en el aire. Me imagino que son bailarinas que mueven sus caderas cubiertas por velos de colores.

El chico se sonríe.

—Cuando tengas mi edad, también verás mujeres hermosas en el humo y en las formas de las nubes. Entonces te acordarás de este momento y se te helará la sonrisa.

Fernando esquiva la mirada del viejo y clava sus ojos en la superficie quieta y azul sobre la que se mece el barco.

—Vamos a ver si hemos tenido suerte —dice Baltasar mientras tira del cordel con el que se sujeta el aparejo—. Pesa bastante. Algo ha entrado. Ayúdame, chico.

Cuando consiguen subir la red, comprueban que hay dos pulpos y una sirena.

7

—Pero ¿qué demonios es esto? ¡Por todos los monstruos marinos de todos los océanos conocidos y por conocer! —exclama el viejo marino.

—¡Es una sirena! —dice el chico.

—Es un trozo del mascarón de proa de algún barco hundido hace siglos. Pero por mi vida que tiene un rostro tan bien tallado que mi primera impresión ha sido la de que era una mujer de verdad.

—Una sirena, más bien. Tiene cola de pez.

—El mar la ha tratado bien. Hasta conserva parte de los pigmentos con los que fue pintada.

—No es muy grande para ser el mascarón de proa de algún galeón —afirma el muchacho.

—No es de ningún galeón, tiene que ser de algún barco más pequeño. Tal vez alguna falúa. No todas los llevaban, pero algunas sí. Quizá esto provenga de alguna embarcación de la Armada Invencible.

—¿Tan al sur?

—Las corrientes marinas son caprichosas —afirma Baltasar—. Bueno, la verdad es que ha sido una sorpresa pescar esta sirena. Yo pensaba llevar a casa unos cuantos verdeles y algún pulpo, y nos llevamos una sirena de madera.

—Y dos pulpos. No está nada mal —dice Fernando.

—La sirena no sirve para nada. Los antiguos navegantes creían que protegía los barcos de los monstruos marinos y de las tempestades.

—Más o menos como los ojos de Osiris —replica el chico.

—Ah, bueno. Los ojos ven los peligros. Las sirenas son el peligro. Ya habrás estudiado aquello de que atraían con sus cantos a los marineros y hacían naufragar las naves en los escollos en los que vivían.

—Mitología griega —dice Fernando.

—Los cantos de sirena son peligrosos —contesta Baltasar—. Si quieres te la regalo.

—No sé si me cabrá en la mochila. Quedaría muy bien como decoración en la casa o en el faro. Vamos a echar otra vez la red, a ver si entra algún otro pescado.

Baltasar asiente y lanza de nuevo la malla al mar. Esta vez no enciende la pipa, se queda quieto contemplando a la sirena, que tiene los ojos como los de La Dama de Ceilán.

—También ella tenía los ojos verdes —dice el hombre sin dejar de observar la figura rescatada—. Queda un resto de pintura en este ojo, ¿te fijas, chaval?

Fernando se acerca y observa la pequeña mancha verde que se ha conservado a pesar de toda la sal del mar.

—El artista debió de tener a una mujer muy guapa como modelo —dice el chico.

—Muy hermosa, sí. Era muy hermosa —contesta al viejo y su mirada se posa en el mar, como si sus ondas lo pudieran transportar a un lugar y a un momento lejanos. A aquel tiempo en el que el mar era joven y Baltasar también.

En ese momento se mueve el cabo y ambos se levantan para recoger la pesca. Esta vez no hay sirenas de madera. Ocho verdeles, dos pulpos más y unas cuantas algas.

—Por fin han entrado los verdeles que comeremos a mediodía. Los pulpos irán al congelador, menos uno que será nuestra cena.

—¿Quién? —pregunta el chico mientras meten la captura en una caja.

—¿Quien qué? —Baltasar mira los ojos de Fernando.

—¿Quién era hermosa y tenía los ojos verdes?

8

Se llamaba Sirim y era de Ceilán, pero el capitán no se lo cuenta todavía a Fernando. De hecho, no le ha contado a nadie su historia de amor de juventud. Ni siquiera a Escipión, que lo habría escuchado en silencio. Baltasar piensa que todo lo que se cuenta deja de pertenecerle a uno porque el aire se queda con las palabras y las dispersa donde y cuando le da la gana. Por eso, todo aquello que pasó entre él y la hermosa Sirim de ojos verdes se lo ha guardado siempre muy adentro durante más de sesenta años.

—No sé a qué te refieres, chaval —le contesta.

—Antes ha dicho que ella «también» tenía los ojos verdes, y después ha dicho que ella «también» era hermosa. Si dice «también» es porque se está refiriendo a alguien con quien compara la sirena.

—Vaya, eres un chico listo con las palabras.

—Más que con los números, capitán.

—A mí me pasa al revés. Solo por el peso de una red podría decirte cuántos peces han entrado. Antes de subir esta ya sabía que habían entrado ocho verdeles y dos pulpos.

—Eso no puede ser. —Fernando es consciente de que el hombre ha pretendido cambiar de tema.

—Claro que sí. Además, los ojos de La Dama ven lo que pasa ahí abajo y me lo cuentan.

Baltasar se echa a reír y remueve el pelo del chico, en el que dejará un olor a pescado que Fernando no se quitará hasta que se duche esa noche y gaste la mitad del bote de champú que ha traído.

—¿Por qué le puso ese nombre? —insiste.

—¿Qué nombre? ¿A quién? ¿A Escipión? Porque me gusta la historia de los romanos y de los fenicios, y siempre me ha parecido un nombre muy sonoro. El nombre de un perro tiene que terminar con una sílaba acentuada, ¿no te parece?

—Pensaba que no le interesaba la gramática ni la morfología.

—Y no me interesan lo más mínimo, pero la sonoridad de las palabras sí que me interesa. Por eso te digo que a un perro hay que llamarlo con un nombre que suene, que sea intenso, fuerte. Al menos a un labrador como Escipión. Si fuera un perrito de lanas, habría que llamarlo de otra manera.

—Pero no me refería a Escipión —reconoce Fernando.

—Ah.

—Me refería al barco. A este barco. ¿Por qué lo llamó La Dama de Ceilán?

Baltasar no dice nada, deja la red en el suelo y coloca los pescados bien ordenados en la caja, de mayor a menor. Se sienta, coge el más grande, saca el cuchillo que lleva en el cinturón, le corta la cabeza y le saca las tripas. Luego coge el segundo y después el otro, así hasta que llega al más pequeño. Cuando tiene todas las tripas reunidas en una hoja de papel de periódico, se levanta y las tira por la borda. El papel lo mete en una bolsa que echará después al contenedor de basura que hay justo a la salida del recinto del faro y que recogen unos operarios una vez a la semana, concretamente los martes a eso de las dos de la madrugada. Hoy es martes, así que toca recogida.

Fernando ha estado observando la tarea sin decir nada. No sabe por qué el viejo no contesta a su pregunta. Una pregunta que le parece de lo más normal. Al fin y al cabo, el barco tiene un nombre peculiar: Ceilán ya no existe. Es el nombre que tuvo Sri Lanka durante la época en que fue una colonia, primero de Portugal, luego de Holanda y finalmente de la Gran Bretaña, país del que se independizó en 1948. Ceilán es un nombre que casi nadie conoce, así que a Fernando le llama la atención desde el primer momento. Él sí ha reconocido en la palabra *Ceilán* la isla del océano Índico que parece caer de la India como si fuera una lágrima, porque su padre colecciona sellos, y tiene en gran estima unos cuantos de Ceylon, que es el nombre inglés de Ceilán. Son unos sellos que han perdido casi todo su color, pero unos conservan la efigie de un señor con bigote de perfil, y otros la cara de otro señor muy parecido al anterior, pero sin bigote y de frente. Fernando siempre ha sentido mucha curiosidad por la geografía y por la historia, mucha más que cualquiera de sus compañeros de estudios. Cree que la colección de sellos de su padre ha tenido mucho que ver con ello.

«El rey Jorge V y el rey Jorge VI de Inglaterra», le había dicho su padre a Fernando cuando le preguntó un día quiénes eran aquellos señores tan parecidos. Fernando tenía seis años y los dos reyes llevaban muertos ya varias décadas.

En la cubierta del barco, Fernando se acuerda de aquellos sellos y de que el nombre «Ceilán» siempre le ha llevado a un lugar muy exótico, lleno de elefantes, serpientes y mujeres vestidas con trajes de vivos colores.

—Ya es hora de volver. Escipión se inquieta si estoy fuera demasiado tiempo. Además, ya llevamos comida suficiente para nosotros y para él.

—¿Por qué no le llevamos las tripas del pescado? —pregunta el chico.

—No le gustan. No soporta el olor del pescado, y eso que lleva toda su vida viviendo junto al mar.

Fernando se da cuenta de que el viejo no quiere contarle por qué La Dama de Ceilán se llama La Dama de Ceilán. Decide que no le volverá a preguntar, pero no está seguro de si cumplirá o no su decisión. Es curioso y le gusta serlo.

9

Cuando llegan al muelle, ya los espera Escipión, que los recibe con series de tres ladridos cortos. Fernando piensa que Escipión ladra en corcheas, mientras que otros perros lo hacen en negras, incluso en negras con puntillo.

—¿Qué pasa, campeón? ¿Nos has echado de menos? —Baltasar le acaricia el lomo y el hocico. Escipión se echa para atrás en cuanto siente en las manos de su amo el hedor del pescado—. Te hemos traído un regalo.

El hombre le enseña la sirena y el perro echa a correr hacia el faro.

—Vaya, parece que no le gustan las sirenas —dice.

—Será porque tienen cola de pez, capitán.

—No me llames capitán cuando estoy fuera del barco, chaval. En cuanto me quito la gorra desaparecen todos mis atributos marineros. En tierra soy Baltasar, el farero. Solo en el mar me convierto en capitán. Y ahora coge la caja y llévala a la cocina.

—¿Y la sirena?

—Luego puedes meterla en la casa. Encuéntrale un buen sitio para que quede aparente. O llévatela cuando te vayas.

De buena gana se la llevaría para ponerla en su habitación, pero no está seguro de que quepa en la mochila. Y tampoco se plantea, de momento, hacer un paquete y mandarla a su casa mediante un servicio de mensajería. Entra con la captura en la cocina donde está Escipión tumbado debajo de la mesa. Cuando ve al chico, levanta la cabeza un momento. Fernando piensa que no le queda mucho de vida. Tiene la misma actitud que tenía Linda un mes antes de morir. Linda llevaba en su familia doce años y dormía siempre junto a su cama. La sigue echando de menos, pero ya se ha acostumbrado a su ausencia.

—Seguro que tú sabes el porqué del nombre del barco —le dice al perro—. Pero no me lo dirás, ¿verdad que no?

—¿Qué es lo que no te va a decir Escipión? —La voz de Baltasar le parece un trueno que entra desde la puerta e inunda la cocina.

—Nada —miente.

—Me gusta la gente curiosa. Yo también lo fui a tu edad. Y aun después. Ahora ya no. Pregunto poco porque no quiero saber. No. Hay muchas cosas que a mi edad es preferible no conocer. Y como yo no te he contestado a lo del nombre de La Dama, le preguntas al perro, que no te va a contar nada por dos razones: primera, porque los perros no hablan; y segunda, porque él no sabe nada. El barco es más viejo que él y ya se llamaba así cuando Escipión llegó a mi vida. Nunca le he contado a nadie la historia de La Dama de Ceilán. ¿Por qué ibas a ser tú el primero, muchacho?

—Yo no pretendía nada. Solo he preguntado por curiosidad. Igual que nos preguntamos el porqué del título de un libro, nos preguntamos por el del nombre de una embarcación. Sin más.

—Sin más, dices… Detrás de esas dos pequeñas palabras, *sin más*… —empieza a decir Baltasar.

—Seis letras —le corta Fernando.

—Detrás de esas seis letras, que forman dos palabras muy breves, está la historia de mi vida. De la que fue, de la que no fue, de la que podía haber sido y de la que es. Sin más —repite con una sonrisa amarga—. Y «sin menos». Ocurrió hace muchos años, muy lejos de aquí.

—¿En Ceilán? —pregunta el chico.

—En Ceilán, cuando ya no se llamaba así oficialmente, pero todos los marineros la seguíamos nombrando de esa manera.

—No hace falta que me cuente nada, Baltasar —le dice el muchacho.

—No. A ti no te hace falta que te cuente mi historia. Pero tal vez a mí, sí.

El viejo se sienta en su butaca de cuero, junto a la ventana de la cocina que hace también de comedor y de sala. Saca la pipa de un bolsillo del chaleco, la bolsa con el tabaco picado del otro bolsillo, mete unas hebras, que aplasta con un dedo, y la enciende.

Da las bocanadas justas para que empiece a arder, y enseguida salen espirales de humo como las que emanan de las lámparas maravillosas de los cuentos justo antes de que aparezca el genio que concederá a alguien uno, dos o tres deseos.

Baltasar acaricia el humo con su mano derecha y solo entonces empieza a contar.

10

—Corrían tiempos difíciles por estos lares. La guerra dejó el país en unas condiciones lamentables, como te habrán contado, habrás estudiado, y te podrás imaginar fácilmente. Yo había nacido en el 39, justo antes de que acabara la contienda, así que pasé toda la infancia y la adolescencia durante la posguerra. Años de hambre y miseria, muchacho.

—Mi padre dice que ahora estamos pasando algo parecido —interviene el chico.

—Tu padre no tiene ni idea de lo que fue aquello. Ni idea, así que no me voy a molestar en desmentirlo —continúa el viejo—. Y no me interrumpas, o me arrepentiré y no te contaré nada.

»Como decía, corrían tiempos difíciles y en mi familia éramos muchos para el sueldo de mi padre como ayudante del farero. Le consiguió el trabajo un tío de mi madre que tenía buenos contactos con gente del poder. Le dijeron que se quedara calladito con todo lo que tuviera que ver con la política, y así lo hizo. Jamás dijo una palabra de lo que le había pasado durante la guerra. Nadie contaba nada, y de que el primer hijo que tuvieron había muerto en su propia cuna, durante un bombardeo, yo me enteré cuando ya tenía once años. De aquella tragedia no se hablaba. También entonces supe que me habían puesto el mismo nombre que al muerto, lo que me dejó una especie de inquietud que me acompañó durante muchos años. A mi nombre añadieron un «María» para que no hubiera confusiones en el Registro Civil. Por eso me llamo Baltasar María. No habría confusiones legales, pero yo sí que viví confundido desde que me enteré. En algunos momentos, no sabía si yo era yo o era mi hermano. Cuando mi madre decía «Baltasar», siempre contestaba, pero a veces tenía la sensación de que yo no era nada más que un impostor, que en realidad yo era él, que sus palabras iban dirigidas a él. No sé. Era todo muy raro.

—A Dalí, el pintor, también le pusieron el nombre de su hermano muerto. Y también tuvo problemas de identidad durante mucho tiempo —recuerda Fernando de una de las clases de Literatura en la que la profesora les había contado anécdotas de artistas amigos de Federico García Lorca.

Pero a Baltasar, Dalí y sus problemas de identidad no le interesan lo más mínimo.

* * *

El caso fue que a los doce años dejé de ir a la escuela, que estaba en el pueblo. Todas las mañanas teníamos que hacer un largo camino hasta que llegábamos, con más hambre que otra cosa, y pasábamos un frío de mil demonios. Además del libro, el cuaderno y el plumier, teníamos que llevar leña para alimentar la estufa que calentaba la escuela. En la playa siempre hay madera que trae el mar, de ríos lejanos, de naufragios, como la sirena... Así que los niños del faro siempre llevábamos leña y el maestro nos tenía en gran estima. Hasta nos daba alguna que otra estampa de la virgen para que nos protegiera de las enfermedades que asolaban a los más pobres: el tifus, la tuberculosis... Del hambre no nos protegían las estampas, pero de las enfermedades tal vez sí, porque sobrevivimos todos los hermanos, a pesar de que yo pasé el tifus con trece años. Mi madre siempre decía que no me fui al otro mundo gracias a los rezos del resto de la familia y a la intervención de las vírgenes que nos daba el maestro.

Con doce años me convertí en el ayudante de mi padre, que había ascendido a farero cuando se jubiló el titular. Aprendí el oficio y me examiné por libre del bachillerato y de la reválida. Pero no quería quedarme aquí. No. Leía revistas en las que había fotografías de países lejanos donde quería ir. Deseaba ver los lugares donde crecían bosques enteros de palmeras, y no una solitaria como en las casonas de indianos que hay por la región. Mi pasatiempo favorito era mirar el atlas que me había regalado el maestro cuando dejé la escuela.

—Deberías seguir estudiando —me dijo aquel hombre—. Tienes talento.

—No puedo, don Senén. Mi familia no se lo puede permitir.

Porque entonces, si uno era pobre no podía estudiar. Las familias pobres no podían pagar un alojamiento en la ciudad, que era donde estaban los institutos y los colegios religiosos. La única posibilidad era ir al seminario, donde estudiaban muchos chicos de familias pobres, pero la condición era meterse cura después. Y yo, querido muchacho, tenía muy claro que no quería ser cura. No me imaginaba ni con sotana ni hablando latín. Y mucho menos sin tener contacto con más mujeres que con las beatas que se confesaban una y otra vez, aunque no tuvieran más pecados que un moscardón. Así hacía una tía de mi padre, que siempre iba con mantilla negra cuando nos visitaba un par de veces al año para comprobar que seguíamos vivos y en gracia de Dios.

—Estas criaturas se están criando como salvajes —le decía a mi madre cada vez que venía la tía Encarnación.

—Les enseño el catecismo, y rezamos todos los días por la mañana y por la noche —replicaba mi madre.

—Pero sin comulgar ni confesar. Cualquier día se te mueren y van todos derechitos al infierno.

—¡Tía!

—Tal cual. Si no se confiesan y mueren en pecado mortal, al infierno de cabeza.

—No hacen nada malo, las criaturas.

—Algún pensamiento impropio tendrán. *Sobre todo el mayorcito* —decía la tía Encarnación mirándome de reojo mientras yo estudiaba diferentes rutas en el atlas de don Senén.

—Baltasar es un buen chico —repetía mi madre.

—También lo era tu marido y bien que te dejó preñada antes de casarte. Claro que luego os castigó Dios y se llevó al pobre crío.

—No nos castigó Dios, tía. Lo mataron las bombas de los tuyos.

—Los míos, como tú los llamas, bendecían las bombas antes de tirarlas. Así que el desgraciado de tu pequeño a lo mejor hasta ha ido al cielo, a pesar del pecado de sus padres.

Y así seguían las conversaciones en casa cuando la tía Encarnación tenía a bien llegar con un taxi que alquilaba en Santander, y que le costaba unas cuantas pesetas. Claro que tú no has conocido las pesetas.

11

—No —contesta Fernando.

—Un euro equivale a lo que eran unas ciento sesenta y seis pesetas —le explica el farero—. Mi padre me daba tres pesetas al mes por ayudarle en el faro. Y me sentía el hombre más feliz del mundo. Compraba caramelos para mis hermanos cuando iba al pueblo, y tabaco para la pipa. Incluso un impermeable inglés me compré poco antes de enrolarme. Lo compré en una tienda en Santander y subí con él a bordo más feliz que una perdiz.

Baltasar se levanta y se sirve un vaso de agua. Tiene la garganta seca. No está acostumbrado a hablar tanto y se le corta la voz. Le alarga al chico otro vaso, que el muchacho se bebe de un trago. Son más de las dos y tiene hambre, pero no se atreve a decirle nada al viejo, que está tan concentrado en su narración que Fernando piensa que está excavando las zanjas donde yacen enterrados sus recuerdos.

* * *

Me enrolé con catorce años. La tía Encarnación le había hablado de mí a uno de los canónigos de la

46

catedral, que tenía muy buenas relaciones con los dueños de una naviera de Bilbao. Le aseguró que yo era muy trabajador y muy bueno, a pesar de no ir a misa todos los domingos. El cura habló con el presidente de la compañía, al que absolvía cada viernes de todos los pecados carnales que cometía tres veces por semana en un burdel muy refinado de San Juan de Luz, al otro lado de la frontera. Y el presidente me contrató. Me pagaría diez pesetas al mes más la manutención en el barco. A cambio, tendría que limpiar las cubiertas y los camarotes todos los días por la mañana, ayudar al cocinero por las tardes, y cargar y descargar mercancía cada vez que llegáramos a puerto. A mis padres les pareció muy bien el intercambio: de las diez pesetas, ocho se las pagarían directamente a ellos, y dos me las darían a mí al final de cada mes para los gastos que pudiera tener en los puertos a los que llegáramos.

Y a mí también me pareció bien: estaba deseando marcharme del faro y ver mundo. Aquí solo veía a mi familia. Mis hermanos eran casi todos más pequeños que yo, y se pasaban el día jugando con muñecos, espadas, coches y barcos que les hacía mi padre con la madera que encontrábamos en la playa cuando bajaba la marea. A mi hermana mayor se la había llevado la tía Encarnación para «hacerla una señorita», según sus propias palabras. Y lo consiguió: de llevar los mocos colgando todo el día pasó a vestir con camisas blancas, mantillas

negras, y a casarse con un coronel de Infantería con
el que tuvo cinco hijos que me miraban, y me miran,
por encima del hombro por haber sido lo que ellos
consideraban «la oveja negra» de la familia.

* * *

—¿Y por qué lo consideraban la oveja negra? —pregunta el chico.

—Porque no me había dedicado a llevar una vida conforme a las reglas dictadas por otros, sino que había intentado vivir según mis propias normas. No me perdonaban que hubiera conocido más mundo que ellos, que hubiera vivido experiencias que ellos no podían siquiera imaginar. Ellos no creían en nada diferente a aquello en lo que creían todos los demás.

—¿Por ejemplo?

—Por ejemplo… —dice el viejo, mientras vuelve a encender la pipa, cuyo rescoldo se ha apagado. Se queda callado hasta que el humo envuelve su rostro y las palabras que está a punto de pronunciar—. Por ejemplo, ellos nunca han creído en las sirenas.

—¿Y usted cree en las sirenas, Baltasar? —le pregunta extrañado Fernando.

—Yo he visto sirenas, amigo mío —dice y lo vuelve a repetir para que le quede claro al chico y a su propia memoria—: Yo he visto sirenas.

12

—Como te decía, embarqué por primera vez a los catorce años. Era el más joven de la tripulación y todos los demás me trataban con una amabilidad condescendiente, aunque yo notaba que en el fondo sentían hacia mí una mezcla de piedad y de superioridad. El barco se llamaba San Valentín de Berriochoa, por un santo de Bilbao que murió mártir en Vietnam. Le cortaron la cabeza.

—¡Qué barbaridad!

—A los franceses les seguimos riendo la gracia por haber hecho lo mismo con miles de inocentes durante su famosa Revolución. Y si se les recuerda que lo que hicieron fue una brutalidad te miran como si fueras un reaccionario.

—Pero lo de los franceses fue por una buena causa.

—Si el medio para conseguir algo pasa por cortar cabezas no hay buena causa que valga —afirma contundente el viejo y vuelve a soplar en la pipa.

—Mi padre dice... —empieza el muchacho.

—Me da igual lo que diga tu padre. No vivió ni la Revolución Francesa, ni los sucesos que dieron al traste con la cabeza de aquel pobre San Valentín, que daba nombre a mi primer barco.

»Era el carguero más grande de la compañía. Llevábamos cajas con material metálico que se fabricaba por aquí y lo repartíamos por diferentes lugares de Oriente. Sobre todo de Indochina, que entonces todavía pertenecía, precisamente, a los franceses. Corría el año 1953 y había guerra entre Francia y sus colonias, que se querían independizar. Nosotros llevábamos cosas para los franceses. O tal vez era para los otros. No lo sé. No lo supe nunca. Yo me limitaba a hacer lo que me mandaban: limpiar, ayudar en la cocina y cargar y descargar grandes cajas que pesaban más de lo que te puedes imaginar.

—¿Transportaban armas? —pregunta Fernando con los ojos muy abiertos.

—No lo sé. Tampoco lo supe nunca. Aprendí enseguida a no preguntar. ¿Y sabes por qué?

—No, señor.

—Pues porque una tarde, cuando nos acercábamos a un puerto en el que se vislumbraba humo de incendios, le pregunté a uno de los oficiales si estábamos a favor de los unos o de los otros. ¿Y sabes qué me dijo?

—No.

—No me dijo nada. Me dio un bofetón que me dejó marcados sus cinco dedos en la cara. Me rompió la ceja, que me empezó a sangrar y me manchó la camisa. La sangre y las lágrimas de rabia se mezclaron con el sudor que me empapaba la piel y la ropa. Nunca olvidaré el olor que me acompañó el resto del día. El oficial se marchó y yo me quedé en el puente, dolorido y con la decisión de que no volvería a preguntar nada más.

—¿Y lo cumplió? —Fernando piensa que él no sería capaz de cumplir una decisión así, y recuerda también las palabras que pronunció Churchill en su famoso discurso durante la Guerra Mundial, cuando habló de «sangre, sudor y lágrimas», lo mismo que se ha había mezclado en la camisa de Baltasar, años después.

—Sí, claro que cumplí. A veces observaba y oía. Otras veces miraba para otro lado y cerraba mis oídos a las conversaciones ajenas. Pero, sobre todo, callaba siempre.

* * *

El San Valentín de Berriochoa tenía una chimenea enorme. Escupía un humo que se debía de ver desde muchas millas de distancia. Me costaba más de cuatro horas limpiar la cubierta cada mañana. Fantaseaba con la idea de convertirme en capitán. O al menos en oficial, no tanto para dar órdenes, como para llevar una gorra como la que llevaban ellos, blanca y siempre limpia. Ellos no se manchaban de grasa ni olían a lejía como yo. Antes de embarcar, había imaginado el camarote del capitán y el comedor como en los cuadros que se reproducían en algunos libros. La realidad no tenía nada que ver con aquello. Me encargaba de que todo estuviera limpio, pero ni las maderas eran especialmente nobles, ni los pomos de los cajones eran dorados. Aunque el navío solo tenía tres o cuatro años, el aire con el salitre del mar había oxidado todo lo que alcanzaba, incluso en el interior. Por eso había que pintar y que restaurar paredes y mobiliario constantemente. El barco tenía dos pintores y dos carpinteros, que no paraban de trabajar en todo el día. Yo compartía camarote con dos de ellos. Mi litera era la de arriba, y me dejaban quedarme un rato por la noche con la luz encendida para leer. Estaba acostumbrado a leer antes de dormir. En el faro, les leía cuentos y lecciones a mis hermanos pequeños hasta que se quedaban dormidos. No concebía mi vida sin leer antes de dormir. Además del atlas de don Senén, me había llevado cinco libros conmigo para aquel mi primer viaje. Me los terminé a los pocos días, así que los volvía a leer una y otra vez, porque en alta mar no había ni librerías, ni bibliotecas. Y mis compañeros no eran lo que se dice muy lectores y no tenían libro alguno. De hecho, los dos pintores y uno de los carpinteros ni siquiera sabían leer. El otro carpintero sabía hacerlo, pero no tenía ningún interés en las novelas que yo me había llevado.

—¿Y esta de qué va? —me preguntó un día.

—De una familia en Rusia. La chica está enamorada de un príncipe, pero él se casa con otra, se *va a la guerra y se muere. Y su amigo se llama Pierre y se casa con otra que también se muere. Y entonces ella...*

—*Vaya rollo* —me contestó—. *Guerras y amoríos. No es para mí. ¿Y esta otra?*

—*Esta va de una mujer casada de la que se enamora un cura, pero a ella le gusta más el donjuán oficial de la ciudad, que se las sabe todas para conquistarla.*

—*Otra de amoríos. ¿Solo lees esas cosas, chaval?*

—*A lo mejor te gusta más este otro.*

—*¿De qué va?*

—*De una pareja de enamorados en Verona.*

—*Que no me gustan los amoríos. Ya te lo he dicho.*

—*Pero esta acaba fatal. A lo mejor te gusta más por eso.*

—*Mi propia historia de amoríos ha acabado fatal, así que tampoco me interesa.*

Y se metió en su camastro y enseguida lo oí roncar, mientras yo seguía leyendo las inquietudes de la hermosa Natascha Rostova. Y es que por aquel entonces me gustaba leer historias de amor.

13

Fernando reconoce las tres historias, aunque no ha leído ninguno de los libros en los que aparecen: *Guerra y paz, La Regenta, Romeo y Julieta.* Le hace un ruido las tripas y Baltasar se da cuenta.

—Creo que tienes hambre, chaval.

—Pues la verdad es que sí.

El farero deja la pipa y se levanta con cierta dificultad de la butaca. Escipión, que estaba a su lado medio dormido, hace lo mismo.

—Llena dos cacerolas de agua, coge unas patatas de la despensa, lávalas y mételas dentro de la más pequeña.

—¿Cuántas?

—Cuatro.

—¿Las pelo antes?

—Por supuesto que no. Si se cuecen con piel conservan todas las vitaminas.

Él lava los peces. Reserva dos en un plato y los demás los guarda en varias raciones en el congelador. Hace lo mismo con tres de los pulpos. El cuarto lo mete en el agua cuando empieza a hervir.

—¿Y la sirena? —pregunta en broma Fernando.

—A la sirena no nos la comemos.

—Quedaría bien encima de la chimenea —dice el chico.

—Vigilaría nuestras comidas y nuestra conversación. No. Estará mejor en tu casa. Te hará compañía.

—No creo que me cuente muchas cosas —reconoce el muchacho.

—Si le preguntas, lo hará. Los objetos guardan muchos secretos y están deseosos de contarlos. Solo necesitan encontrar a la persona indicada, que es la que les pregunta.

—¿Y qué podría preguntarle yo a una sirena de madera que lleva varios siglos debajo del mar?

—¿Quién la hizo? ¿Quién fue su modelo? ¿A quién amaba el capitán del barco del que fue mascarón de proa? ¿Quiénes eran los padres del timonel? ¿En quiénes pensaban los soldados cuando disparaban los cañones? ¿Cuáles fueron las últimas palabras de aquel que se ahogó a su lado cuando el barco se hundió? ¿Y las del que se aferró a ella cuando la nave se partió en trozos, pensando que la madera flota y que podía salvarse protegido por la sirena? Todo eso y mucho más le puedes preguntar.

—Pero no me va a contestar a nada de eso.

—Si no te contesta es porque no eres la persona a la que lleva esperando desde que la falúa a la que estaba adherida se hundió el 23 de septiembre de 1588, para disgusto mayor del rey Felipe II, al que, además, para esa fecha, ya se le habían muerto sus cuatro esposas.

Fernando se queda pensando que no, que probablemente no es la persona que ha esperado la sirena porque no cree que las sirenas de madera sean capaces de pensar, ni de esperar. Y las otras tampoco. Unas porque son objetos inanimados y las otras, sencillamente, porque no existen. Aunque el capitán le haya dicho que las ha visto...

Después de comer, cada uno se retira a su habitación, Baltasar en el faro, Fernando en la casa. Es un ritual que repetirán casi todos los días. Cada uno quiere y necesita su rato de soledad. Ambos piensan que se está muy bien en compañía, pero no todo el tiempo. Desean sus momentos sin palabras ni caras ajenas. El chico se tumba en la cama y piensa en el rato que han estado en el mar, en la sirena y en el barco al que perteneció. Como le ha dicho el viejo, los objetos nos llevan a aquellos a los que pertenecieron o a aquellos que vivieron junto a ellos. Mira de reojo el móvil, que sigue en la mesilla. No lo toca. Se queda dormido y le asaltan en el sueño caras desconocidas de marineros vestidos con ropas de otros tiempos. Rostros desencajados de quienes saben que están a punto de morir. Sus figuras se mezclan con las de sus amigos, sus compañeros de fútbol, los chicos y las chicas del instituto. Todos van en el mismo barco y vestidos como en el siglo XVI. Y todos se están ahogando en un navío de madera que se hunde irremediablemente. Solo la sirena se queda flotando hasta que también acaba en el fondo del mar.

—¡Vaya mierda de pesadilla! —exclama mientras se levanta. Se ducha y el agua fría lo devuelve a la realidad de una casa en tierra firme. Enseguida nota la presencia de Escipión.

—Hola, ¿qué haces por aquí? ¿Has venido a saludarme? ¿O es que te ha mandado el viejo a buscarme?

El perro se deja acariciar por el chico. Sabe que no le quedan muchas caricias por recibir y se aferra a ellas como los náufragos a un trozo de madera.

—Vamos al faro, amigo, que seguro que Baltasar quiere seguir contándonos su historia. Y la de La Dama de Ceilán.

14

—Los primeros viajes me llevaron a Indochina. Eso fue hasta que aquellas tierras dejaron de ser colonias y se convirtieron en países independientes. Aquello coincidió también, más o menos en el tiempo, con otra guerra, la del canal de Suez, durante la que los egipcios cerraron el canal. Hubo compañías navieras importantes que se fueron a pique: si no se pasaba por el canal había que dar toda la vuelta a África para llegar a Asia, ¿te imaginas? Nosotros lo tuvimos que hacer dos veces, para ir a Ceilán y para volver. Traíamos un cargamento de té a Inglaterra. Los ingleses toman mucho té. A mí también me gusta, pero prefiero el café, que es más amargo y oscuro, como la vida. No obstante, durante varios años, mi sueldo lo pagaba el té...

Al hablar del té, algo ensombrece la voz de Baltasar, pero es algo tan leve que Fernando apenas lo nota.

—Como te decía, dos veces tuvimos que rodear el cabo de Buena Esperanza, lo que no es una empresa fácil, te lo puedo asegurar. Vienen vientos por todos los lados que te empujan a escolleras y acantilados. Da igual que vayas en un bergantín del siglo

XVII o en uno de nuestros modernos barcos: la naturaleza es brutal en todos los casos.

—¿Es verdad lo de los pendientes de los piratas? —pregunta el chico.

—Y no solo de los piratas. Yo tengo dos agujeros en el lóbulo derecho. Hubo un tiempo en el que llevé dos aros de oro: uno por cada vez que había pasado ese cabo del confín de África. Como los viejos piratas y los marineros del pasado. Un aro en la oreja derecha por el cabo de Buena Esperanza, un aro en la oreja izquierda por el cabo de Hornos, el de América. Ese no lo pasé nunca, aunque dicen que es el que inauguró la costumbre cuando el pirata Francis Drake se puso un anillo de oro al sobrevivir a una tormenta formidable en ese cabo.

—¿Y aún conserva los pendientes?

El farero da una bocanada a la pipa y contempla unos segundos el humo antes de continuar.

—No. No los conservo porque utilicé el oro para comprar algo. Pero cada cosa a su tiempo, jovencito. Nos habíamos quedado en la Guerra del canal de Suez, que fue en 1956, y que hizo que tuviéramos que bordear África entera. Fue interesante porque entramos en puertos diferentes y vimos gentes muy diversas. Mi capitán aprovechaba para comprar marfil, que escondía en lugares inaccesibles de la sala de máquinas. Yo fui su hombre de confianza y le ayudé a esconder un montón de colmillos, que luego sacábamos escondidos entre las cajas de té.

No sé lo que hacía luego con ellos. No le pregunté. Yo me saqué un dinerillo extra por ayudarle y por tener la boca cerrada, y no me preocupaba lo demás.

—Pero los pobres elefantes... —le interrumpe Fernando.

—Estaban ya muertos. Si no compraba él el marfil lo habría comprado cualquier otro. El mal estaba hecho.

—Pero al comprar el marfil estaban apoyando la caza de elefantes.

—En aquellos tiempos no estaba prohibida su caza ni la venta de colmillos. No juzgues el pasado con el punto de vista del presente.

Fernando mira a Escipión que parece escuchar absorto la historia de su amo. Al chico no le convence la explicación de Baltasar, pero no dice nada. También él sabe que hay momentos en los que es mejor estar callado.

—En aquel tiempo ya no leía tantas historias de amor. Me hacía mayor y me parecía que debía leer libros de aventuras, novelas en las que los protagonistas se parecieran más a mí que aquellos enamorados que se pasaban la vida haciéndose pajas mentales sobre el amor y el desamor. Yo entonces todavía no me había enamorado. Me habían gustado algunas chicas del pueblo, con las que hasta bailé un par de veces en las fiestas patronales, pero nada serio. Mi gran amor de entonces era el mar, los puertos llenos de color a los que arribábamos, el barco que era una gran metáfora de los seres humanos, solos en medio de una vida que a veces es serena y tranquila, y otras veces es tormentosa e inquietante.

»Para aquel viaje en el cincuenta y seis me llevé un libro muy largo, *Moby Dick*, sobre la caza de las ballenas. Lo habrás leído, supongo.

Pero no, Fernando no lo ha leído.

—Bueno, pues ya lo leerás. Lo escribió un americano que había trabajado en un barco ballenero, y que sabía de lo que escribía. Es una novela tremenda sobre la venganza y sobre la lucha entre el hombre y el horror. Los que hemos vivido en el mar, aunque no hayamos cazado nunca ballenas, sabemos lo que significa ese libro. Uno de mis compañeros de camarote, el mismo que me preguntaba por mis otros libros, había trabajado en un barco ballenero noruego antes de enrolarse en el San Valentín de Berriochoa. «¿Y ahora qué lees, chaval? Ese libro es más gordo que todos los demás». Le conté el argumento y el me respondió: «Yo te podría contar muchas historias de ballenas en el mar del Norte, donde el agua y el aire están tan fríos que si tienes un agujero en el impermeable, puedes acabar congelado en pocos minutos. No he visto tanta sangre en toda mi vida: cientos de litros de sangre son los que salen de una ballena arponeada. El agua del mar se tiñe de rojo y parece que se navega entre la sangre. Es un espectáculo terrible». Intentaba imaginarme la escena de un mar rojo con un cielo también rojo al atardecer, y me parecía que asistir a ella debía de ser como contemplar la entrada del infierno. Seguramente ni Homero ni Dante habían visto algo parecido cuando escribieron sus escenas infernales en *La Odisea* o en *La divina comedia*. Si un marino escribiera sus memorias, podría crear la más terrorífica de las novelas. Yo nunca cacé ballenas, pero viví momentos que no seré capaz de olvidar por muy larga que sea mi vida. Momentos en los que se siente la soledad del hombre perdido en el mundo mucho más que en tierra, donde las raíces siempre te agarran por muy lejos que estés de todo y de todos los que amas.

15

—Fue en aquel viaje cuando la conocí.

—¿A quién? —le pregunta el chico.

—A ella. A la dama de Ceilán.

Fernando acaricia el lomo de Escipión, que se ha erguido en cuanto ha escuchado al capitán. Probablemente asocia esas palabras al barco, a la ausencia de su amo durante unas cuantas horas cuando sale a pescar. Pero el perro ve que el hombre permanece inmóvil en su butaca y se vuelve a tumbar.

* * *

Se llamaba Sirim, pero la primera vez que la vi no supe su nombre. Yo estaba sentado en un banco del malecón de Colombo, y ella era una adolescente más de un grupo escolar. Contemplaban el Índico desde el borde del paseo. Vestía camisa y falda blancas como todas las demás. Y llevaba el pelo, negro como la noche, recogido en dos trenzas perfectamente simétricas y que caían paralelas en su espalda sobre su camisa. Negro sobre blanco, como las palabras en un libro. Eso fue lo primero que pensé cuando las vi a todas allí, en fila, mirando el océano.

También pensé que probablemente aquella era la primera vez que veían el mar. Me equivocaba. Pero había algo en su quietud contemplativa del infinito ir y venir de las olas que me cautivaba. No podía dejar de mirarlas. Yo apenas tenía un año o dos más que ellas, y había recorrido medio mundo ya varias veces, y ellas parecían estar ancladas allí y formar parte de aquel paisaje de cielo gris y aguas oscuras. Se marcharon hacia el sur después de comprar unos caramelos en un puesto que regentaba un hombre que nos había vendido unos refrescos un rato antes a mi compañero y a mí. Iban todas descalzas y ni siquiera nos vieron.

Al día siguiente volví solo al mismo banco. Mi compañero tenía fiebre y se había quedado en el barco. Nuestro cargamento de té todavía no había llegado desde las montañas y teníamos que esperar todavía tres días antes de empezar a navegar. No esperaba volver a ver a las chicas porque daba por hecho que solo estaban en Colombo de paso, de excursión desde algún lugar del interior. Pero no era así. A las cinco en punto de la tarde, las vi aparecer por el mismo lado por el que habían desaparecido la tarde anterior. Enseguida empecé a oír sus voces cantarinas que hablaban en un idioma del que no era capaz de entender ni una palabra. Un idioma que se escribe en unos signos curvilíneos y artísticos que podrían llenar cada uno un cuadro abstracto. Las acompañaban dos maestras, como el día anterior, vestidas ellas con saris, una en tonos azules, y la otra en tonos rosas. *Las muchachas repitieron la operación que ya había visto: se colocaron en fila todas juntas para contemplar el mar en silencio. Una de ellas se quedó ligeramente rezagada porque se había clavado algo en el pie desnudo.*

—Sirim —la llamó una de sus amigas.

Y ella contestó algo que no entendí y corrió hacia el resto del grupo. Pasó a mi lado junto al banco y me miró. Sus ojos verdes me sonrieron, se llevó la mano al pelo sin dejar de mirarme. Me estaba diciendo sin palabras que era la primera vez que veía a alguien que tenía el pelo de un color tan diferente al suyo. Yo también me llevé la mano a la cabeza para seguir su juego, pero ella ya se había unido a su grupo. Se volvió un par de veces para mirarme, y le dijo algo de mí a su amiga, porque las dos se rieron después de girarse hacia donde yo seguía sentado, fascinado ante la belleza en blanco y negro de aquellas muchachas en flor. Sirim. Se llamaba Sirim. Me había enamorado por primera vez, y lo había hecho de un nombre, de una sonrisa y de unos pies descalzos.

Al día siguiente no vinieron al malecón. Ni al siguiente. Y tres días después, yo me embarcaba en el San Valentín de Berriochoa y la ciudad de Colombo se iba haciendo más y más pequeña. Me pareció ver una mancha blanca en el paseo, y quise pensar que eran las chicas que habían regresado a su paseo vespertino. Imaginé que Sirim miraba mi barco desde el

borde, y que me saludaba con la mano y con su son-
risa. Por si acaso, yo hice lo mismo, aunque solo vie-
ron mi mano y mi sonrisa mis compañeros, que se
rieron de mí y de mi enamoramiento silencioso.

16

—Fue entonces cuando leía *Moby Dick* y quería que todos me llamaran Ismael, como el narrador. «Llamadme Ismael» es la primera frase de la novela y yo quería ser él, a bordo del Pequod. No tenía compañeros tan exóticos como él, ni tan salvajes, pero tampoco eran hermanitas de la Caridad. Algunos tenían pasados sangrientos y otros no se atrevían a desembarcar en algunos de los puertos que tocábamos porque habían dejado memorias amargas y ganas de venganza en taberneros, pescadores y mujeres que pasaban sus noches junto a la barra de antros que nunca podrías llegar a imaginar. Quería vivir aventuras y no dejaba de pensar en Sirim.

—Pero si solo la había visto dos veces y ni siquiera había hablado con ella —le dice Fernando.

—Los enamoramientos vienen así, de pronto. Te invaden el cerebro y se instalan en él sin remedio. ¿No te ha pasado nunca, chaval? ¿No te has enamorado todavía?

El chico se queda callado y se bebe el resto de café que aún le quedaba en la taza. El café se ha quedado frío y está asqueroso. Claro que se ha enamorado alguna vez, siempre sin éxito, pero no tiene ganas de hablar de ello. A Fernando no le gusta hablar sobre su vida, sobre todo no le gusta hablar de sus enamoramientos.

—Claro que te habrás enamorado, pero los jovencitos no habláis de esas cosas. Yo tampoco lo hacía entonces. Creía que todo el mundo se reiría de mí si hablaba de Sirim, así que me guardé mis sentimientos para mí solito.

—¿Y volvió a verla?

—Pues claro. Siete meses después.

* * *

El regreso a casa nos costó más tiempo del habitual porque tuvimos que rodear otra vez el cabo de Buena Esperanza. La guerra seguía entre egipcios e ingleses, israelíes y franceses. Fueron varios meses fuera de casa porque además tuvimos que ir hasta Southampton, en Inglaterra, para llevar el té. Cuando por fin llegué a casa, o sea, aquí, mi hermana ya se había casado y vivía en la ciudad, los pequeños habían ingresado en el seminario, aunque luego no se metieron a curas, y mi padre estaba solo con el hermano que me seguía en edad, y que era quien le ayudaba en el faro. Mi madre, con la excusa de ayudar a mi hermana, vivía más en la ciudad que en casa. Estaba harta de tanta soledad y de no ver más que la cara de mi padre y de mi hermano. Quería hablar con otras gentes de otras cosas, así que alquilaba una habitación en una pensión para señoras viudas y se ganaba un dinerillo planchando para tres casas principales.

Pasé un mes aquí antes de volver a embarcarme en Bilbao. Paseaba con mi hermano y le contaba mis aventuras en Indochina y en Ceilán. Aventuras que, en realidad, no lo eran tanto, pero que él escuchaba con arrobo y fascinación: al fin y al cabo, yo era su hermano mayor y además conocía mundo. Al menos eso era lo que yo me creía entonces, que conocía mundo por ayudar a traficar con marfil y por pasar semanas enteras en un artilugio que flotaba en medio del mar.

A mi hermano y a mí había algo que nos gustaba especialmente durante mis estancias aquí.

* * *

—¿El qué? —pregunta Fernando.

—Ir a la cueva de los piratas —contesta el viejo. Y Escipión alza las orejas en cuanto oye las palabras mágicas. A él también le gusta la cueva. Siempre van en la barca de remos, y en esa no hay olor a pescado—. ¿Quieres que vayamos mañana por la mañana? Al amanecer hay una luz muy especial que hace que el agua sea tan azul como en el Caribe.

El chico asiente. Solo ha estado en la cueva una vez cuando era pequeño. A su madre no le gusta nada el bote de remos. Le da miedo, y no han vuelto a montar en él. Pero ahora su madre está en la ciudad y no se va enterar de que ha vuelto a la cueva.

Además, no es lo mismo que la maneje Baltasar que su padre, que solo había remado en el Parque del Retiro en un par de ocasiones cuando todavía quería impresionar con sus actividades a la que entonces era su novia y después se convertiría en la madre de sus hijos.

—Además, por la mañana habrá marea baja y podremos adentrarnos en la parte más oculta de la cueva. Me gusta ir todos los veranos varias veces. Incluso en invierno es especial. En cada estación el agua es diferente porque es distinta la luz que le llega.

—Seguramente los piratas no pensaban en el color del agua cuando se refugiaban en ella.

—Te equivocas si piensas que los piratas eran unos zoquetes. Los había bastante leídos. Además, pasaban mucho tiempo en cubierta contemplando la superficie del mar. Tenían mucho tiempo para pensar.

—Recordarían a sus novias.

—Tenían una en cada puerto. O más de una.

—Guiña Baltasar un ojo—. ¿Sabes que hay barcos que vagan eternamente por el mar?

17

Fernando había visto toda la serie de películas de *Piratas del Caribe*, y sabía que había leyendas sobre buques fantasmas.

—No son leyendas, chaval. Yo he visto un navío de esos.

—No puede ser. Los fantasmas no existen, y los barcos errantes tampoco —afirma tajante el chico.

—Hay mañanas en el mar en las que se ven y escuchan cosas que es mejor no ver ni escuchar —dice Baltasar—. Ocurrió durante aquel regreso desde Ceilán, poco antes de bordear el cabo de Buena Esperanza. Hacía dos días que no veíamos tierra. Era invierno y la mañana se había despertado con niebla. Cuando me levanté y salí a cubierta para limpiar, no veía nada. Ni siquiera nuestra chimenea. Podría haber tenido a un hombre a mi lado y no me habría enterado. Podría haberme besado el cuello la mismísima Sirim y no la habría visto. Era una niebla espesa, densa, pesada. Nunca había experimentado nada parecido. Me asomé por la borda. No había nada. El mar había desaparecido. Era como si navegáramos en medio de la nada, como si flotáramos camino de las tinieblas eternas e infinitas del infierno del que hablan los poetas y los curas. Me dio un escalofrío. Tuve miedo de lo desconocido por primera vez. Hasta entonces, los miedos eran concretos: una tempestad, una ola gigantesca..., algo que veías y sentías. Pero la niebla era diferente: te dejaba a merced de tu propia imaginación, de tu propia soledad y de tu propia insignificancia.

Baltasar vuelve a encender la pipa antes de continuar. Por un momento, el humo esconde su cara de la vista de Fernando, que piensa que ese humo también es una manera de niebla.

—Sí, tuve una sensación extraña y nueva. Y fue entonces cuando lo vi.

—¿El qué? —le pregunta el chico, que sospecha que no se va a poder creer la respuesta.

—¿El qué? ¿Qué va a ser? El barco.

* * *

De pronto se disipó momentáneamente la niebla, y allí estaba, con sus velas desplegadas en sus tres mástiles, el trinquete, el mayor y el de mesana. Todo un velamen que el tiempo había ennegrecido. Estaba a babor y parecía a punto de abordarnos, como si él tampoco nos hubiera visto. Estaba tan cerca que lancé un grito para avisar a nuestro capitán. Nadie lo había visto e íbamos a chocar en cuestión de minutos. Me pareció oír una campana desde el

viejo barco. Una campana y rumor de voces caverno-
sas y sordas que hablaban en una lengua desconocida.
Nadie acudía a mi grito y pensé que en ese momen-
to se acababa mi vida. Cerré los ojos y recé las ora-
ciones que me habían enseñado mi madre y mi tía
Encarnación. Mientras lo hacía, me extrañó no oír
el ruido de los dos cascos rompiéndose con el cho-
que. Abrí los ojos y no vi nada más que la niebla que
seguía engulléndonos. Ningún rumor de voces ni de
velas.

—¿Qué pasa, muchacho? —Llegó hasta mí el
capitán, alertado tardíamente por mi grito y porque
había entrevisto mi silueta junto a la borda desde el
puente de mando.

—El barco, señor. Ha desaparecido.

—¿Qué barco?

—Había un barco antiguo. Ahí delante, señor, a
babor. Una carabela de tres palos —le dije.

—¿Con las velas negras? —me preguntó.

—¿Usted también lo ha visto, capitán?

—Hoy no —contestó y se quitó la gorra al ha-
cerlo—. Lo he visto en otras ocasiones. Siempre en
estas aguas y en mañanas como esta. Lleva siglos
vagando por el océano. Está tripulado por fantas-
mas que cumplen una maldición.

—¿Qué maldición, señor?

—Su capitán desafió el poder divino cuando
bordeaba el cabo de Buena Esperanza, y fue casti-
gado a navegar eternamente sin poder llegar a puerto.

Solo se les permite hacerlo una vez cada siete años, y solo se romperá la maldición en el caso de que una mujer se enamore sinceramente del capitán y lo acompañe, y así los espíritus de todos podrán descansar. Hasta que llegue ese momento, seguirán condenados.

—Pero ninguna mujer querrá acompañarlos... *—dije.*

—No. Por eso sigue la maldición. Por eso hoy has visto al buque fantasma. Dicen que su capitán es un holandés arrogante que osó retar a Dios y a la Naturaleza, sin querer aceptar que eran más fuertes que él.

Y fue así como conocí la historia del «holandés errante» y su «buque fantasma».

* * *

En ese momento, Baltasar se levanta y va hasta el armario. Saca un disco de vinilo y lo pone en un viejo tocadiscos.

—Compré este aparato en uno de mis viajes a Italia. Y también el disco. Es de un compositor alemán que se llamaba Richard Wagner, y que escribió una ópera que se llama precisamente así.

Fernando se sobresalta ante la música que semeja una tempestad en el mar. Rugen los instrumentos como si fueran las olas que se baten en los acantilados y en los cascos de los navíos.

—¿Así, cómo?

—*El holandés errante* o *El buque fantasma.*
Wagner le puso dos títulos para que quedara bien
claro de quién y de qué hablaba.

18

La mañana siguiente amanece limpia. El mar está quieto como un espejo y el sol empieza a deslizar sus rayos sobre su superficie.

—Teníamos que haber madrugado un poco más para llegar a la cueva justo al amanecer. Pero bueno, no hay nubes y creo que podremos verla bien —dice Baltasar a Fernando, que no ha dormido nada bien esta noche y se siente todavía somnoliento.

—¿Y el desayuno?

—He hecho café y he cogido un par de trozos de bizcocho que nos comeremos allí dentro. Cuando volvamos preparo unos huevos con panceta otra vez.

A Fernando no le gusta comer tantos huevos para desayunar. Su madre dice que no son buenos para el colesterol, pero en casa de Baltasar no se puede negar. Está seguro de que en el faro el colesterol pasa de lejos, como los barcos.

Bajan al muelle y allí está La Dama de Ceilán y a su lado, el pequeño bote de remos con el que irán a la cueva. Fernando observa que desde el año pasado hay un cambio en la embarcación: ahora tiene un pequeño motor fuera bordo.

—Ah, amigo. Ya te has fijado. El tiempo pasa, me hago viejo y remar hasta la cueva es duro para mis brazos y para mi corazón.

El muchacho lo mira. No le parece que Baltasar tenga la edad que tiene. Sus manos y su cuerpo todavía conservan un aspecto vigoroso. Aunque, en realidad, solo lo conservan en apariencia. Mira a Escipión, que hoy parece más despierto, y que ya se ha subido a bordo.

—Hay que ver lo contento que se pone este perro en cuanto se da cuenta de que vamos a la cueva.

—¿Y eso por qué será?

—No tengo ni idea. Creo que debió de tener allí algún que otro encuentro amoroso con la perra de los granjeros, y debe de tener románticos recuerdos. Los perros tienen buena memoria.

—Como los elefantes —apunta Fernando.

—Ah, los elefantes. En Ceilán había muchos. La naturaleza es extraordinaria, muchacho. Pero de elefantes hablaremos en otro momento.

Arranca el motor, que renquea un poco, pero que después de tres intentos, se pone en marcha.

—Lo compré de segunda mano y le cuesta un poco ponerse a tono. Aquí ya todos somos de segunda mano —sonríe—, el perro, el motor, yo...

—Con el motor llegaremos enseguida —dice el chico—. Mucho mejor así.

—Pero no me gusta el ruido que hace. Los motores disturban a los peces. Y a las olas. El mar debería elegir sus silencios. Es como una partitura: a veces todo es lento, un *adagio*, otras veces es más animado, *allegro*; en otros momentos es terrorífico, *vivace*. Como lo que escuchamos ayer.

—*El holandés errante.*

—*El buque fantasma*, sí.

Fernando ha dormido mal porque no podía dejar de pensar en el episodio del barco espectral que le había contado Baltasar por la tarde. ¿Sería verdad que hay espíritus que vagan eternamente hasta que encuentran la paz? Eso siempre le había parecido que eran historias antiguas de gente inculta y supersticiosa, leyendas que nacen de los miedos de personas que no han estudiado, y de tradiciones anteriores a la existencia de la ciencia objetiva. Mira al hombre que tiene delante y que dirige el bote hacia el promontorio donde está la cueva. Es un hombre de mundo, ha viajado, leído y pensado mucho, y a pesar de ello, cree que vio el navío fantasmal junto al cabo de Buena Esperanza, donde la leyenda sitúa el momento inicial de la maldición.

La cueva está en una pequeña península paralela a la del faro. Una península que se asoma al este como si saludara la salida del sol. La gruta no se ve ni desde alta mar ni desde tierra, por eso era una guarida segura para piratas, contrabandistas y desertores.

Baltasar apaga el motor poco antes de llegar.

—Ahora hay que remar para entrar. No me gusta molestar a los espíritus que viven ahí dentro con el ruido y el olor de la gasolina —dice.

Y Fernando no sabe si lo de los espíritus lo dice en broma o en serio.

19

En la entrada de la cueva reina el silencio. Apenas se oyen las olas que golpean la barca y los remos que entran, salen y salpican agua salada en la cara de los tres navegantes.

—Está bajando la marea —dice el farero—. Dejaremos la barca amarrada en esta piedra, como hicieron siempre los que vivieron aquí.

Así lo hacen, pero antes se giran a mirar el agua bañada por los rayos del sol. Tiene un color tan claro como los anuncios de las playas del Caribe.

—No solo es por el sol —explica Baltasar—. Este azul también es debido a la arena tan blanca que hay aquí y a la piedra, que también es blanca. Por eso refleja el sol de esta manera y le da este color tan especial.

—No es normal en esta zona.

—No lo es. Estas son rocas diferentes. Pero los antiguos no lo sabían e inventaron historias sobre este lugar. Decían que era un sitio mágico, y aquí se reunían las brujas para hacer sus reuniones. Se cuenta que de aquí sacaron a unas cuantas que luego quemaron en la hoguera. En otros momentos vinieron a vivir ermitaños, hombres que huían de un mundo que no les gustaba y se refugiaban de él lo más alejados que podían.

—Pero con tanta humedad es imposible vivir.

—Los ermitaños siempre han sido gente muy rara, muchacho. Piensa que se ponían cilicios en las piernas y en la cintura para que les sangrara la piel, se les infectara y sintieran dolores terribles.

—¿Y eso por qué?

—Pensaban que así estaban más cerca de Dios y de Jesucristo, que el pobre también sufrió lo suyo. Pero se equivocaban. Cristo no murió en la cruz para que la humanidad sufriera, sino para salvarla. Al menos, eso dicen las escrituras, así que los ermitaños que querían sufrir, en realidad eran unos herejes que destrozaban el cuerpo que Dios les había dado.

—Pero también hubo piratas por aquí, ¿no? —a Fernando no le apetece escuchar historias de cilicios y curas solitarios, y quiere cambiar de tema.

—Cierto.

Mientras hablan, están caminando por una especie de senda que ha ido haciendo el mar en la roca durante miles de años de mareas altas y bajas. Un camino de medio metro de ancho que conduce al interior de la cueva, a una zona donde poco a poco se va perdiendo el contacto con el agua. Escipión conoce bien el sitio y echa a correr en cuanto llegan a lo que podría tomarse por una gran sala con el techo lleno de estalactitas.

—Aquí debe de ser donde se enamoró de la perrita de los vecinos. Siempre que venimos hace lo mismo. Da un par de ladridos y corre hacia esa parte.

—A lo mejor hay un tesoro que dejaron los piratas.

—Ah, muchacho. He buscado muchos años por cada rincón. Cada cueva pirata tiene sus leyendas, y siempre están relacionadas con algún tesoro que nadie encuentra.

—Bueno, el conde de Montecristo lo encontró.

—Porque tenía un mapa, que le dio aquel moribundo por el que se hizo pasar una vez muerto para escapar de aquella terrible isla prisión. ¡Pobre muchacho!

—Pero luego se hizo rico y se vengó de todos los que le habían traicionado.

—Es una novela. No se te olvide, chaval. La vida no funciona como las novelas. Al menos, no siempre.

—¿También leyó ese libro en uno de sus viajes?

—Claro. Ese lo leí en un viaje a Noruega para buscar bacalao y arenques secos. Olía tan mal todo el barco que no volví a comer arenques durante años. —Se echa a reír.

Llegan hasta unos escollos que sobresalen y que alguien convirtió hace tiempo en una mesa y asientos. Se nota que sus superficies han sido alisadas con algún instrumento tosco y manual. Y se ven restos de cera: en el pasado los habitantes o visitantes de la cueva se iluminaban con velas. Ahora, Baltasar ha traído una potente linterna que deja apoyada en el suelo.

—El desayuno —dice el viejo, y saca de su mochila un paquete con bizcocho, unos bocadillos de arenque seco y el termo del café.

—Pero ¿no había dicho que los arenques...? —empieza a preguntar Fernando.

—He dicho que los dejé de comer durante años. Hace al menos cuatro décadas que volví a ellos. Los pesco y los seco yo mismo. Un manjar.

20

Escipión lleva un rato perdido en el interior de la cueva. Se le oye ladrar de vez en cuando, pero no son ladridos lastimeros, así que ni Baltasar ni su invitado se preocupan por él.

—¡Están muy buenos! —exclama el chico.

—Pues claro que están buenos. ¿Qué te creías? Es una vieja receta nórdica. Se secan y luego se conservan en agua, pimienta y cebolla.

—Cuénteme cosas de los piratas que andaban por aquí.

A Fernando antes no le interesaba en absoluto la gente que había vivido en los lugares en los que él estaba, pero después de encontrar la sirena y de que el viejo le dijera aquello de que los objetos y los lugares nos hablan, se pregunta por las vidas de aquellos con los que comparte espacio, pero no tiempo.

—Serían unos salvajes, como todos los piratas.

—Mi padre me dice que soy un pirata porque a veces me descargo cosas gratis de internet.

—Pues eres un pirata, un ladrón con la misma falta de escrúpulos que tenían los que se refugiaban en esta caverna.

—Yo no mato a nadie.

—Pero robas el trabajo de otros. Cuando seas mayor y trabajes, te gustará que te paguen por tu trabajo, ¿verdad?

—Claro.

—Pues lo mismo les pasa a los demás. El trabajo ajeno hay que pagarlo. Si quieres una camiseta nueva, vas a la tienda y la compras. Pues lo mismo pasa con los libros, las películas o la música que otros han hecho. No se roba.

Fernando se queda callado y mira el reflejo del sol en el agua que se queda a tres metros de donde están ellos. La luz forma estrellas doradas que danzan en el agua. No existen, pero están ante sus ojos. A lo mejor tiene razón Baltasar, piensa el chico. A lo mejor, y en el fondo, es tan pirata como los bucaneros de parche en el ojo y aros en las orejas.

—Por estos lares hubo piratas ingleses —continúa el viejo— que se llegaban hasta aquí después de rapiñar todo lo que podían en buques de nuestra Armada. Eso era en los siglos pasados, cuando fondeaban los barcos ahí afuera y llegaban en barcas de remos hasta aquí. Guardaban sus botines en lugares seguros, y a veces no regresaban a por ellos porque eran detenidos por las autoridades. Otras veces, volvían y con sus tesoros se compraban tierras en sus países y se convertían en hombres respetables. Llegaban a sus pueblos después de años en el mar, y nadie les preguntaba cómo habían adquirido sus riquezas.

Nadie quería saber que su vecino había abordado barcos y asesinado a grumetes adolescentes y a jóvenes capitanes para robarles aquello que transportaban a las colonias, o a la metrópolis. Eran hombres crueles, criminales sin ningún escrúpulo, a los que nada les importaba la vida de los demás. Ni la suya propia. Vivían en riesgo permanente: el mar traicionero, las tempestades, los naufragios, las fragatas militares. Todo lo tenían en su contra. Podían morir en cualquier momento y lo sabían. Por eso no les importaba nada de nadie. Tal vez tampoco amaban a nadie, y nada los retenía en el mundo. Su vida era el mar y sentían una extraña relación con él: por un lado, se creían dueños de los mares, y, por otro, eran conscientes de que un momento de distracción, una ola, un golpe de viento, o un cañonazo podía llevarlos a las profundidades, al abismo acuático, que es mucho peor que el infierno de fuego que han imaginado algunas religiones para atemorizar a los mortales. Es terrible morir ahogado, muchacho.

—¿Ha visto morir a alguien así?

—Sí.

Y los ojos de Baltasar se posan sobre la taza de café durante unos segundos, que a Fernando le parecen interminables. Deja la taza en la roca que hace de mesa, saca la pipa del bolsillo y enciende el tabaco que le había colocado antes de salir de casa. Da un par de bocanadas para liberar al humo de esa otra caverna que es la boca de la pipa.

—¡Escipión, ven ya por aquí, viejo zorro! Llevas demasiado tiempo por ahí. ¿Has encontrado compañía?

Esperan en silencio la llegada del perro, que viene con algo entre las fauces.

—¿Has encontrado el tesoro de los piratas, jovencito? —le pregunta el farero.

21

El perro deja junto a sus pies un viejo trozo de tela que ha conocido mejores tiempos y mejores colores. En algún momento fue roja, pero poco queda ahora de sus momentos de gloria.

—Un trozo de casaca —dice Baltasar.

—¿Será de los piratas? —pregunta el chico.

—Sería de algún pobre soldado al que se la robarían en algún abordaje. A los piratas les gustaba la ropa militar, y se la quitaban a los que mataban. El dueño de este resto de tela tuvo un final atroz, te lo puedo asegurar.

Fernando coge el fragmento de tejido y pasa sus dedos con mucho cuidado, como si temiera profanar el recuerdo de quien fuera su dueño varios siglos atrás. Se pregunta quién sería aquel hombre. Tal vez fuera poco mayor que él. Imaginó a su madre, que pensaría en él como si estuviera todavía vivo cuando ya era pasto de los tiburones. Quizás, cuando emprendió el que sería su último viaje, había dejado a una joven esposa embarazada de una criatura que jamás conocería a su padre porque unos desconocidos a los que no había hecho nada, ni bueno ni malo, lo iban a matar con un cuchillo de hoja afilada y oxidada. Un cuchillo que había rebanado otros cuellos antes, y que se había hundido en el vientre de decenas de desconocidos en distintos mares. Un cuchillo que seguramente pertenecía al mismo hombre que luego se puso la casaca del joven marino y la llevó hasta la cueva, donde quizás la dejó tirada, o donde tal vez fue ejecutado o muerto a traición por sus compañeros piratas.

—¿Me lo puedo quedar, capitán? —dice por fin.

—Claro. Yo no lo quiero para nada. Y Escipión tampoco. ¿Qué vas a hacer con él? No es más que un trozo de tela sucia.

—Creo que lo enmarcaré y haré un cuadro con él para poner en mi habitación. Tiene una forma que me hace pensar. —La forma de la que habla Fernando es una especie de «T»—. Así cuando lo mire me acordaré de esta cueva y del joven soldado al que perteneció.

—Bien hecho. Ahora se hacen cuadros con cachos de tela y la gente paga un dineral por ellos. Hasta los museos cuelgan cosas que yo no tendría ni en mi cuarto de baño.

Mientras tanto, Escipión se ha vuelto a marchar y ha regresado con otro jirón de tela, esta vez de un descolorido azul. Baltasar lo coge y mueve la cabeza de un lado a otro.

—Esperemos que no encuentre también el esqueleto del muerto y empiece a traernos huesos.

Con esos no podrías hacerte ningún cuadro, acaso una escultura, o una lámpara, como en esa extraña cripta italiana en la que hay objetos hechos con huesos humanos.

Fernando no ha oído hablar nunca de la cripta de la iglesia de los capuchinos en Roma.

—Estuve una vez y casi me desmayo de la impresión. Habíamos desembarcado en Civitavecchia, y teníamos dos días de permiso, que yo utilicé, junto con Gustaf, un sueco que venía con nosotros desde hacía un par de viajes, para conocer la Ciudad Eterna. Caminábamos por la vía Véneto, donde compramos un par de corbatas que nos costaron el sueldo de dos semanas, y nos encontramos con una iglesia franciscana. Era el día del santo de mi madre y yo quería poner una vela en su honor, así que entramos en la iglesia. Debajo del altar había unas escaleras que conducían a la cripta. ¡Cuál fue nuestra sorpresa cuando nos encontramos lo que nos encontramos!

—¿Qué fue?

—Dos esqueletos colgados, vestidos con sus túnicas de franciscanos, rodeados de objetos hechos con huesos de otros frailes. Hay restos de más de cuatro mil curas. Salimos echando leches de allí. Gustaf vomitó junto a un árbol a la salida y una vieja le echó una maldición en italiano que no entendimos. Yo vomité un poco después. La gente nos miraba y creía que estábamos borrachos. Pero no. En absoluto. Aquel espectáculo nos había revuelto las tripas más que los movimientos del barco en el golfo de León, que habíamos cruzado antes de navegar hacia el sur hasta la costa cercana a Roma.

—Pero qué barbaridad. A lo mejor parecían huesos y no lo eran —responde el chico.

—Lo eran, ya lo creo que lo eran. Hace siglos, la gente era casi más rara que ahora. Se hacían cosas muy peculiares con los muertos. En fin, vamos a cambiar de tema. Puedes quedarte también con este otro jirón del pantalón del muerto desconocido. Con los dos trozos puedes hacer un cuadro por el que a lo mejor te pagan millones.

Los dos ríen la ocurrencia y terminan de comer el bizcocho de chocolate que ha horneado Baltasar antes del amanecer. Le pone ralladura de piel de naranja, cardamomo y canela, y a Fernando le sabe a gloria.

—Está muy rico. Tiene algo que le da un sabor diferente a los que hace mi madre.

—Es el cardamomo.

—¿Qué es el cardamomo?

—Eso mismo pregunté yo la primera vez que oí la palabra. Fue en mi segundo viaje a Ceilán. Bueno, ahora se llama Sri Lanka, y entonces también, pero yo prefiero seguir llamándolo con el nombre con el que lo aprendimos en el colegio con don Senén.

—¿En ese viaje volvió a ver a Sirim? —pregunta el chico.

El hombre se queda callado mientras Escipión vuelve a su lado. Esta vez no trae restos de ropa, sino la lengua fuera. Su expedición a algún recóndito rincón de la cueva, y tal vez el recuerdo de mejores momentos pasados en ella, lo han dejado exhausto.

Baltasar le acaricia el lomo y le da un trozo de bizcocho antes de seguir su narración.

22

—Tardé siete meses en regresar. El barco hizo otros viajes más cortos por el Mediterráneo y por el mar del Norte. La guerra entre británicos y egipcios se había terminado ya, y pudimos atravesar el canal de Suez sin percances. Es muy impresionante pensar en la obra de ingeniería que es: una línea recta de agua en medio de montañas y de desiertos. Un barco detrás de otro, en fila india. Sobre todo petroleros que vienen del golfo Pérsico y con los que te cruzas. Enormes. Con una eslora tres veces mayor que la del San Valentín de Berriochoa. El capitán me dejaba pasar algún rato en la cabina de mando para ver el canal en toda su amplitud. Parecía que aquellos barcos fueran a chocar de frente con nosotros. Pero no. Los timoneles saben bien su trabajo y manejan el barco como si fuera uno de esos autos de choque de los parques de atracciones.

»La travesía fue mucho más fácil y corta sin bordear el cabo de Buena Esperanza. No vi ningún buque fantasma, y me pasé todo el viaje fantaseando con la posibilidad remota de volver a encontrarme con Sirim. Desembarcamos en Colombo después de haber tocado puerto en Omán para descargar un cargamento de aceite de oliva que habíamos embarcado en Cádiz.

»De nuevo tenía tres días con tardes libres para pasear y para recorrer los diferentes barrios de la ciudad. Por las mañanas limpiaba y limpiaba las cubiertas, los camarotes, las salas de oficiales. Ayudaba en la cocina..., seguía repitiendo las mismas tareas desde hacía dos años.

—¿Y no se aburría? —le interrumpe Fernando.

—Mi padre siempre decía que solo se aburren los tontos. ¿Me has visto a mí cara de tonto?

—No, señor.

—Pues eso. No me aburría. Mientras hacía mi trabajo, pensaba en muchas cosas. Me inventaba historias, aventuras, hasta me peleaba con inexistentes monstruos marinos. A veces me imaginaba a bordo del Pequod, lanzando un arpón al gran cachalote blanco. También pensaba en ella, en Sirim. En mis sueños iba vestida con uno de esos saris de colores vivos con bordados dorados que llevan las mujeres de su tierra.

»La primera tarde en la ciudad volví al mismo banco en el que la había visto. Un grupo de adolescentes vestidas de blanco y descalzas se acercó al poco rato al quiosco de los caramelos. La busqué, pero no estaba. Reconocí a la maestra, pero a ninguna de las chicas. Eran más jóvenes. De pronto, caí en la cuenta de que habían pasado más de siete meses, Sirim habría cambiado de curso, de profesora. Tal vez ya no estaba siquiera en el colegio. ¿Qué podía hacer? Me armé de valor y me acerqué al grupo. La maestra me miró inquieta. Le pregunté en inglés por Sirim. «*Do you know her?*», me preguntó. «*Yes* —le mentí—. *I am a friend of hers*». Me contó que ya había terminado la escuela y que vivía en un barrio en la zona alta de la ciudad que se llamaba Cinnamon Gardens.

—¿Los «Jardines de la canela»? —pregunta el chico.

—Esa sería la traducción, sí. El barrio más exquisito de Ceilán, donde viven los ricos, los embajadores... Pero yo entonces no lo sabía.

—¿Y la encontró?

—Todo a su tiempo, muchacho, todo a su tiempo —continúa el viejo.

* * *

La profesora no me dio la dirección, ni siquiera me dijo el apellido de Sirim porque, por supuesto, no estaba autorizada a hacerlo. Sé que, aunque lo hubiese estado, tampoco lo habría hecho. Lo supe por la manera que tuvo de mirarme. Aunque iba limpio y recién afeitado, no dejaba de ser un pobre marinero y lo parecía. Además de pobres, los marineros nunca tuvimos buena fama, se decía que teníamos un amor en cada puerto y esas cosas. Y no era verdad, yo no había dejado de pensar en Sirim desde aquella tarde en la que el barco dejó la costa y me pareció ver al grupo de chicas vestidas de blanco asomadas al mar desde el malecón. Soñaba con ella, inventaba aventuras en las que ella estaba presente. Rezaba por ella cada noche después de pedir por mi familia y por mí mismo. A ella le reservaba el momento más íntimo y largo de mis rezos. Y su presencia en mis ensoñaciones me ayudaba a seguir adelante. A no aburrirme, como decías antes, chaval.

El caso fue que la tarde siguiente compré un plano y conseguí llegar al distrito más elegante del país, Cinnamon Gardens, un barrio de mansiones de estilo colonial rodeadas de grandes jardines con palmeras, árboles de cacao, hibiscos y todo tipo de plantas tropicales que uno se pueda imaginar. Nunca había visto nada parecido en toda mi vida. Mis visitas a tierra se quedaban siempre en los alrededores de los puertos, y jamás me había adentrado en barrios residenciales, donde vivían los que no eran ni marineros, ni taberneros, ni estibadores ni camioneros. Caminaba por las calles donde moraban los médicos, los dueños de los barcos, los propietarios de las plantaciones de té, de las minas de zafiros... Me cruzaba con poca gente, y cuando lo hacía, me sentía observado como se observa a un mono de feria, o a un payaso. Estaba fuera de lugar. Aquel no era mi mundo y jamás lo sería. Pero el recuerdo de la sonrisa de Sirim era tan fuerte que me atraía como un clavo imantado atrae a otro clavo.

No sabía cómo encontrarla. Llamar a cada una de las puertas de aquellas casas era impensable. Nadie me abriría siquiera el portón de entrada. El barrio era más grande que el pueblo de ahí al lado. Mi única esperanza era encontrármela por la calle en mi caminar. De pronto, pensé que tal vez ni siquiera la reconocería. Habían pasado meses de una época en la que las personas cambiamos mucho. El uniforme blanco y el pelo anudado en trenzas ya no serían más que un recuerdo de una infancia que en la adolescencia y en la juventud se quiere dejar atrás.

23

—Empieza a subir la marea, muchacho —interrumpe Baltasar su narración—. Será mejor que nos vayamos encaminando a la barca, o el camino se quedará bajo el agua y nos mojaremos.

—¿No nos vamos a bañar? Está el agua tan clara allí en la entrada que me gustaría nadar y bucear un rato.

—No hay problema, pero vamos a la barca, y ya desde allí podrás nadar lo que te plazca, o sea, lo que te dé la gana.

—¿Y luego me seguirá contando si volvió a ver a Sirim?

—Luego, sí. O tal vez mañana. ¡Escipión! —gritó y su voz resonó entre las paredes de la cueva como un rugido que se quedó en el aire varios segundos por efecto del eco—. ¿Dónde te has metido otra vez? Nos vamos a la barca.

Escipión había vuelto a marcharse mientras Baltasar contaba su historia y ni él ni Fernando se habían dado cuenta de su ausencia. Tras la llamada de su amo, no se hace esperar y enseguida aparece por el mismo lugar. Esta vez tampoco trae nada.

—Buen chico —le dice el viejo marino mientras le acaricia el hocico—. No sé qué haré sin ti cuando me dejes definitivamente.

Baltasar arquea las cejas y levanta los hombros. Fernando entiende el gesto y las palabras del hombre, que sabe que al perro que lo ha acompañado durante los últimos quince años no le queda mucho para acompañar definitivamente a los demás perros que vivieron en el faro antes que él.

Se encaminan a la entrada de la cueva y se mojan las piernas hasta las rodillas porque la marea ha subido tanto que el sendero junto a la pared ya ha desaparecido bajo el agua. Cuando llegan a la barca, tienen que agacharse para subirse en ella. El techo empieza a estar demasiado cerca de sus cabezas.

—Si quieres bañarte, tendrás que darte prisa.

Fernando deja la mochila en la que ha metido los trozos de ropa que ha traído Escipión, se quita los pantalones cortos, la camiseta y se lanza al agua mientras Baltasar saca ya la barca de la cueva. El sol y la arena blanca le dan al agua un color azul puro y limpio como el del cielo en los días de verano sin nubes. Al chico le parece que está nadando en el cielo infinito. Se impulsa hacia atrás y se queda quieto con los brazos en cruz. Mira hacia arriba: en el techo, las estalactitas blancas son como espadas de Damocles, que podrían desprenderse y atravesar su pecho desnudo. Pero no lo harán. Llevan miles de años sin atravesar el pecho de nadie, y no lo van a hacer ahora. El agua las va haciendo crecer al ritmo de un centímetro cada dos mil años, aproximadamente. Al menos eso es lo que leyó en una revista científica hace poco. En eso piensa mientras contempla los caprichos del techo de la cueva. En eso y en Sirim, cuyo rostro imagina hermoso y fresco como las aguas que se van alzando cada minuto en la caverna.

—Será mejor que salgas ya de ahí, chaval.

El chico oye la voz de Baltasar que le advierte de que podría quedarse atrapado si no sale pronto de la cueva. Permanece inmóvil en el agua todavía unos segundos hasta que se mete a bucear hasta la barca. Lo rodean peces que brillan dorados por los rayos del sol y un par de medusas a las que consigue esquivar. Por fin sale a la superficie a respirar y a tranquilizar al farero.

—Ya era hora. Ni se te ocurra ahogarte, o tus padres me reclamarán a mí.

—No pienso ahogarme, capitán.

—Nadie piensa ahogarse, joven —dice, y empieza a remar mientras Fernando todavía se está subiendo a la embarcación.

El chico mira hacia atrás. La cueva se va haciendo más y más pequeña mientras se van alejando de ella. Fernando piensa que a la gruta le ocurre al revés que a los recuerdos, que aumentan en cantidad y en claridad conforme va pasando el tiempo.

Al menos, esa es la impresión que tiene acerca de los recuerdos de Baltasar.

24

Cuando llegan al faro, Fernando ve que parpadea una luz en el móvil. Lo coge y ve que hay una llamada perdida y dos mensajes. No hay wifi, así que no hay mucha comunicación posible, y eso es bueno. Es todo de su madre. Le dice que están bien, que espera que él esté disfrutando de su estancia con Baltasar y que lo echan de menos solo un poco. El chico se sonríe cuando lee lo de «solo un poco». Sabe que no es verdad, que su madre lo echará bastante de menos, su padre poco, y su hermana nada de nada. Por fin ella será la única soberana del sofá, del mando de la tele y del ordenador. Podrá ver esas series de Netflix sobre reinas y princesas que él aborrece, y que sus padres solo toleran. Le contesta a su madre con un mensaje en el que le miente y le dice que él también se acuerda mucho de ellos. No miente cuando le confiesa que es muy interesante estar a solas con el viejo Baltasar, porque tiene cosas muy interesantes que contar acerca de su pasado como marino a lo largo y ancho del mundo.

A su madre, lo de «a lo largo y ancho del mundo» le recuerda la frase con la que se presentaba uno de los personajes más entrañables de la tele de su infancia, el capitán Tan. Se lo dice a su hijo, que no ha oído jamás hablar de ese capitán porque ni su padre ni su madre suelen hablar de lo que hacían o dejaban de hacer cuando eran niños o adolescentes. A Fernando le gustaría preguntar y saber más cosas, pero las pocas veces que lo ha hecho, su hermana lo llama «plasta», y su padre y su madre miran para otro lado porque no les apetece contestar o porque consideran que su infancia no era tan interesante como para ser contada. Fernando piensa que todas las vidas son interesantes si se cuentan bien. Hasta la suya, en la que no pasa casi nada: un partido a la semana, cuatro días de entrenamiento, cinco de clases en el instituto. Alguna reunión que otra con la psicóloga, algún encuentro muy de vez en cuando con amigos para jugar a la *Play* y al *Fortnite* y poco más. La de Baltasar daría para veinte novelas por lo menos, y le escribe a su madre: «Ha estado varias veces en Ceilán y ha rodeado el cabo de Buena Esperanza». Su madre le contesta que Ceilán ya no existe, que ahora se llama Sri Lanka. Él le dice que ya lo sabe, pero que el viejo prefiere llamarla así porque hace tiempo que bautizó a su barco como La Dama de Ceilán para recordar a una chica de la que se enamoró y que se llamaba Sirim.

Se sienta en la cama y mira los dos jirones de tela y la sirena, que lo contempla con sus ojos casi vacíos de color. En ese momento, Fernando piensa que tal vez hayan compartido el mismo barco, ya que han compartido un destino similar. Quizás el oficial al que pertenecieron las ropas navegaba en el mismo navío del que la sirena era el mascarón de proa. El chico imagina al joven soldado acodado en la borda junto al trinquete, vislumbrando el océano casi a la misma altura que la sirena. Fue él quien primero vio el barco pirata que se acercaba, y quien recibió el primer arcabuzazo, al que seguirían muchos más, y algún que otro cañonazo que acabaría por hundir el buque, y con él a la dama con cola de pez. Al cabo de un rato, ve a Baltasar en la puerta de la casa. Es hora de comer y el hombre ha cocinado otro pulpo con patatas, aceite crudo, sal gorda y pimentón. El chico está hambriento después de la excursión a la cueva, del baño y de sus pensamientos. Se lo dice al viejo.

—No sabía que los pensamientos dieran hambre. A lo mejor es por eso que llevo unos meses en los que tengo ganas de comer a todas horas. O será que con esta edad, uno ya sabe que le queda poco que vivir, por lo tanto, poco que comer, y quiere uno aprovechar vida y comida al máximo.

—No es tan mayor —le dice Fernando, condescendiente.

—Ya no cumpliré los ochenta años. Ochenta es una cifra considerable. ¿Sabes cómo dicen *ochenta* los franceses?

Y no, Fernando no ha estudiado francés y desconoce los arcanos de la lengua vecina.

—Pues dicen «cuatro veces veinte», pero en francés, claro. *Quatre-vingt*. Y noventa, *quatre-vingt-dix*, cuatro veces veinte y diez más. Son raritos los franceses, chaval —le dice mientras coloca una gran bandeja de madera con el pulpo ya aliñado.

—Pues sí que es raro lo de los números franceses, sí. No lo sabía.

—Luego te dejo un libro para que aprendas unas cuantas frases y los números. Es un libro en el que lo escriben todo con pronunciación figurada. Me compré varios con uno de mis primeros sueldos: así aprendí un poco de francés, muy útil en aquellos primeros viajes en Indochina, e inglés, que hablábamos en casi todos los puertos. También en Colombo. Y un poco de alemán, de sueco, de turco, de italiano... Es muy útil saber idiomas. El mundo se hace más grande cuando te puedes comunicar con los demás. Y eso está muy bien.

El chico no contesta. A él le cuesta bastante relacionarse con los demás. De niño era muy tímido y retraído, y los compañeros se metían con él. Pasó varios cursos en los que tenía miedo, pánico, pavor a ir al colegio y enfrentarse a sus miradas y a sus palabras crueles. Lo cambiaron de escuela y se repitió la situación. Psicólogos, médicos y largas conversaciones con sus padres le dieron la confianza en sí mismo que no había tenido. Le costó aceptar que no era como los demás y que era estupendo no serlo. Cuando empezó a quererse, dejó de importarle tanto que los otros lo vieran como a un chico raro. Las notas mejoraron y su sonrisa dejó de ser forzada para convertirse en un regalo para quienes eran capaces de apreciarla. A los demás «que les den» pensó y piensa desde entonces. No tiene muchos amigos, pero tampoco los necesita. «Nadie necesita muchos amigos, solo muy pocos. O ninguno», le había dicho una tarde el propio Baltasar el verano anterior, y Fernando no había olvidado sus palabras.

—No hace falta que los demás sean amigos —continúa el marino, como si hubiera leído el pensamiento del chico—. Pero está bien cambiar de país y poder intercambiar alguna que otra palabra con la gente. Cada vez que bajábamos a puerto, generalmente era en un país diferente, así que yo me cogía mi libro con el idioma correspondiente, y memorizaba unas cuantas frases. Y los números, eso era muy importante para que nadie te timara o engañara con los cambios. Entonces no había tarjetas de crédito ni compras por internet. Todo con monedas y billetes, que también eran diferentes en cada sitio. En algunos lugares, aceptaban dólares americanos, que casi siempre eran muy bienvenidos. Pero yo no siempre tenía dólares, y a veces era complicado cambiar. Te intentaban estafar casi siempre. Y como los marinos teníamos mala fama, pues no les importaba robarte por aquel refrán que dice que «quien roba a un ladrón, tiene cien años de perdón».

Fernando mira la encimera, en la que hay dos copas altas con algo rojo dentro.

—Y de postre, grosellas recién cogidas en mi pequeño huerto.

—¿Le ha dado tiempo de cogerlas después de la excursión, capitán?

—A mi edad cunde mucho el tiempo, muchacho. Cuando queda poco, hay que cuidarlo y aprovecharlo.

—¿Me contará más cosas sobre Sirim?

—Después de la siesta.

25

—Pues sí. Anduve y anduve por aquel barrio tan elegante. Caminé por todas las calles con la esperanza de encontrarla y de reconocerla. Cuando ya había desistido y emprendía mi regreso al puerto, vi un coche que se paraba delante de una de aquellas casas tan elegantes, y del que bajaba una joven vestida con un sari de colores rojos, rosas y naranjas. Tenía el pelo negro suelto y le llegaba casi hasta la cintura. Se despidió de quien la había acompañado con un apretón de manos. Abrió el bolso para coger la llave del portón. En ese momento, yo pasaba a su lado. Me miró y arqueó las cejas en un gesto de sorpresa e interrogación. Yo hice lo mismo.

—¿Era ella?

—Pues claro que era ella. Tenía los ojos verdes como el mar en las tardes de tormenta. Nadie tiene esos ojos, y nadie me había mirado así desde aquella lejana tarde en el malecón. Y ahora volvía a hacer lo mismo. Me quedé parado a su lado sin saber qué decir. Podía decirle que llevaba toda la tarde buscándola porque había descubierto dónde vivía. Que no había dejado de pensar en ella desde hacía siete meses cuando me sonrió junto al mar, vestida de blanco, descalza y con sus cabellos negros peinados en dos trenzas. Podía decirle que la amaba más que a nada en el mundo y que sabía que solo podría ser feliz a su lado. Sí, podía decirle todo eso.

—Pero no lo hizo.

—Claro que lo hice, chaval. Me armé del valor que da pasar meses en un barco rodeado de agua, cielo y abismos por todos los lados, y se lo dije. ¿Y sabes qué pasó?

—Que abrió apresuradamente la puerta, la cerró detrás de sí y echó a correr a su casa.

—Pues no. Te equivocas en las tres acciones que acabas de presentar. Ni abrió la puerta, ni la cerró en mis narices, ni se echó a correr. Se quedó quieta y callada unos segundos. Me miró y no dejó de sonreír en ningún momento. Me dijo que me había buscado el día que volvió con sus compañeras al malecón, y que el banco en el que yo me sentaba había sido ocupado por una pareja de ancianos que observaban el mar en silencio mientras se comían sendos helados de mango. Lo mismo hizo las tardes que siguieron, hasta que ya la maestra no las volvió a llevar allí porque cambiaron de actividades. Me dijo que ella también había estado pensando en mí y en mi pelo rubio desde entonces, y que rezaba para que un día nos volviéramos a encontrar. Ahora sabía que sus plegarias y sus ofrendas de flores a Buda habían sido escuchadas y esperaba que pudiéramos acudir juntos a un templo al día siguiente para darle las gracias.

—Seguro que no se esperaba esa respuesta.

—No. No me la esperaba. Ni en el mejor de mis sueños había imaginado que ella hubiera estado pensando en mí como lo había hecho.

—¿Y luego qué pasó?

* * *

Abrió su bolso y sacó una libreta y un lápiz. Escribió el nombre de un templo, una dirección y una hora, las cuatro y media de la tarde. Era el lugar y la hora de nuestra cita. De nuestra primera cita. De mi primera cita.

Estaba emocionado. Sirim no dijo nada más. Sacó la llave de la puerta y desapareció en un jardín lleno de plantas, flores y frutas. Un jardín que rodeaba una casa colonial de balcones corridos, grandes cristaleras y columnas de madera tallada. Vi que al otro lado de una de las ventanas del piso de arriba una mano corría una cortina. Alguien nos había visto hablar en la calle. Me subió un escalofrío por toda la espalda. Era una mezcla de la emoción inesperada provocada por las palabras de Sirim y por el inquietante movimiento de una mano desconocida sobre una cortina.

Volví al barco envuelto en sudor, como si tuviera fiebre. Mi cabeza estaba llena de la voz y de la mirada de Sirim. Mi cerebro daba más y más vueltas y acabé mareándome en la calle, ya cerca del puerto. Me tuve que apoyar en un árbol. Todo el mundo se apartaba de mí. Pensaban que estaba borracho. Me refresqué en una fuente y conseguí llegar al barco. No le conté a nadie mi aventura con Sirim, tampoco cené. Me metí directamente en la cama y me dormí enseguida. A la mañana siguiente, apenas recordaba el rostro de Sirim. No tenía fiebre, pero mi sudor nocturno había empapado las sábanas. Las cambié y, al estirarlas, encontré el papel que me había dado y que había guardado en el bolsillo de la camisa que no me había quitado cuando me acosté. Después de ducharme, lo guardé en el pantalón y me puse a fregar la cubierta como todas las mañanas. Estaba contento porque tenía una cita con la chica más hermosa de Colombo, de Ceilán, del mundo entero.

Me apresuré a hacer mis tareas para arreglarme lo mejor posible para mi reunión. Me afeité con esmero y me recorté las patillas y el pelo lo mejor que pude. Me volví a duchar y me puse una camisa nueva y una de las corbatas romanas que me habían costado un dineral. Me perfumé con colonia de limón que había comprado en Nápoles un par de semanas antes, me miré en el espejo y, casi por primera vez en mi vida, me gustó lo que vi reflejado en él.

26

A Fernando no siempre le gusta lo que ve reflejado en el espejo cuando se mira en él. Lleva gafas desde que era pequeño, y esa ha sido una de las razones por las que en el colegio otros niños se lo han hecho pasar mal. Lo llamaban «Gafoso» y él no entendía qué tenía de malo llevar gafas, cuando casi todos en su familia las llevaban: su padre, su madre, sus abuelos. Era un complemento más del cuerpo, como los pantalones o los calcetines. Así lo había vivido en casa. Pero el colegio es un lugar cruel donde ser diferente te pasa factura, y por aquel entonces él era el único miope en su clase. Después vinieron los granos a acompañar a las gafas y los pelos del bigote, demasiado pronto para afeitarlos, demasiado negros para dejarlos. Semanas de discusiones con su padre hasta que por fin tuvo permiso para afeitarse con la brocha y la espuma que le regalaron por su cumpleaños número quince. Un cumpleaños que supuso un antes y un después: ya entonces sus ojos empezaron a admitir un nuevo modelo de lentillas que se adaptaba a la escasez de lágrimas que segregaban. Hacía unos cuantos meses de aquello y su vida había cambiado. Se sentía mejor consigo mismo y eso hacía que se sintiera más a gusto también en compañía de los demás. Por eso y por otras cosas, sus padres le habían ofrecido la posibilidad de ir de vacaciones él solo al faro donde tan a gusto estaba siempre. Sabían que la conversación de Baltasar le haría bien. No tanto como la de la psicóloga, según su padre, y muchísimo más según su madre.

Por la noche se acuesta y piensa en Sirim, a la que le ha puesto la cara de una compañera del instituto que le gusta, pero con la que no ha hablado jamás. Ella prefiere a un guaperas que la lleva y la trae en moto, que tiene las espaldas anchas de tanto nadar en la piscina y el cerebro pequeño como un mosquito. A él lo recuerda de su primer colegio, porque era uno de los que no lo dejaban en paz. Cuando lo vio entrar por el instituto le dio una punzada en el estómago. Creía que se había librado de él hacía años, pero la vida lo volvía a poner en su camino. El chico no lo había reconocido porque no había vuelto a pensar en él, y el rostro de Fernando no había sido guardado en su memoria. Pero Fernando no lo había olvidado. Y encima salía con Marisa, que era la chica en la que se había fijado desde el primer día. Ambos estaban en otra clase, pero los veía en los patios y en la cafetería. Siempre juntos, siempre cuchicheando y besándose delante de todos. Eran empalagosos. Fernando intentaba siempre colocarse de espaldas a ellos para no verlos, pero Marisa era un imán que atraía su mirada sin remedio.

—Eres imbécil, chaval —se dice, tumbado en la cama, mirando la lámpara del techo de la que cuelga una araña que está tejiendo sin descanso desde hace varias horas—. Deja de pensar en ella, que en este momento se estará morreando con el petardo de Luis.

Y es verdad: Marisa y Luis, a estas horas, están solos en el apartamento que los padres de ella tienen en un pueblo de los Pirineos. Han aparcado la moto delante de la terraza de un bar y se están morreando. No piensan en Fernando en absoluto. De hecho, jamás se han fijado en él.

Morirán los dos en un accidente pocos días después de que Fernando vuelva a casa tras sus vacaciones en el faro. La noticia dejará helado a casi todo el mundo en el instituto. A Fernando no: la muerte de Luis le dibujará una mueca parecida a una sonrisa y la de Marisa lo dejará casi indiferente.

27

Por la mañana, nadie lo despierta, aunque son más de las diez cuando el sol entra por su ventana y le hace abrir los ojos. Se extraña de que ni Escipión ni Baltasar hayan entrado en la casa para avisarle de que el desayuno está listo. Se levanta y rápidamente llega al faro. La puerta está abierta. Llama, pero no recibe respuesta. Entra en la cocina y ve que la mesa está preparada solo para él. Hay una nota al lado de cafetera.

«Ayer no me acordé de decirte que hoy desayunarías solo. Tengo cita con el médico. Volveré a mediodía. Disfruta del faro. Es todo tuyo. Te dejo la llave de la puerta que conduce a las escaleras y la que abre el piso de arriba, el de la linterna. Cuídalo, que te quedas al cargo. Escipión se viene conmigo».

Fernando desayuna solo, como hace cada día en casa. Sus padres madrugan más y cuando él y su hermana se levantan, ellos ya se han ido a trabajar. Esther se come siempre un tazón de cereales en su habitación mientras repasa alguna lección en el ordenador. Lo hace desde que pasaron meses en casa con las clases a distancia. Pero él prefiere desayunar en la cocina, al lado de la ventana. Consulta las noticias en un par de periódicos nacionales y en dos medios locales. Solo así se hace idea de lo que pasa. Su padre le dijo un día que uno no se puede fiar de lo que dice un solo periódico, porque cada uno barre para una casa diferente y manipulan la información para manipular a los lectores.

No se ha traído el móvil al desayuno. No lo ha hecho desde que está en el faro. Apenas lo mira, solo para comunicarse con su madre y con un par de amigos. Le ha costado desengancharse, pero lo está consiguiendo. Ya no tiene interés en los juegos que lo dejaban sin dormir casi toda la noche, y que no le permitían concentrarse en otras cosas. Para su padre, la psicóloga había hecho un buen trabajo. Según su madre, él solo se había ido dando cuenta de que el juego era una forma más de manipulación. Peligrosa como la que más.

A Fernando, al principio, no le gustaban las sesiones con la psicóloga, una mujer de treinta años, extremadamente pálida, que parecía no haber salido jamás de las cuatro paredes llenas de libros entre las que tenía la consulta.

—Te mandan tus padres a hablar conmigo —le había dicho—. Si no vienes por tu propia voluntad, no tenemos mucho que hacer.

—No me apetece nada estar aquí —le había confesado él.

—Empieza por decirme por qué no te apetece.

Se lo había dicho. Él no estaba enganchado a nada.

Jugaba *on line* porque le apetecía. Un rato al día. Sin más.

—Tu madre me ha dicho que te pasas toda la noche sin dormir.

—No es verdad. Mi madre duerme y no sabe lo que ocurre en mi habitación.

—Tienes ojeras.

—Anoche estuve estudiando para el examen que he tenido esta mañana —le contó la misma mentira una y otra vez.

—Tienes ojeras todos los días.

—Porque estudio mucho. Saco buenas notas.

—Sacabas buenas notas. Esta evaluación ha ido fatal. Tu madre me ha pasado una foto del boletín.

—Mi madre no debería hacer eso. El boletín es un documento privado.

—Tu madre se preocupa por ti.

—No quiero que lo haga.

—Es tu madre. Lo hacen todas.

Sus padres se habían gastado un dineral en las sesiones con la psicóloga y la terapia en grupo con otros adolescentes a los que les pasaba lo mismo. Esther protestaba cada vez que pedía dinero para comprarse ropa y maquillaje y sus padres le decían que el dinero no caía de los árboles.

—Pero para pagar a la psicóloga de este idiota sí que hay pasta, ¿verdad?

—Tu hermano tiene un problema que hay que solucionar —le decía su padre.

—Al niño problemático hay que darle todo, y, a la niña trabajadora y cuidadosa como yo, una patada en el culo. Es así, ¿no?

—Sacas las cosas de quicio. Tu hermano necesita ayuda y punto. Aquí se acaba la conversación.

Fernando se sentía fatal cada vez que el resto de la familia se disgustaba por su culpa. El resultado era que se encerraba en su habitación y se ponía a jugar a escondidas.

Habían sido más de dos años de disgustos, sesiones, lloros y decepciones, hasta que un día abrió la puerta del salón donde sus padres y su hermana veían una serie y dijo:

—Ya no lo voy a hacer más.

—¿El qué? —preguntó su madre.

—Jugar.

—Ya era hora de que te dieras cuenta de las tonterías que has estado haciendo todo este tiempo —le dijo Esther, sin dejar de mirar la televisión.

—Por fin la psicóloga ha conseguido algo. —Su madre miró a su marido cargada de ironía mientras él pronunciaba esas palabras.

—En realidad, creo que todos me habéis ayudado a tener más fuerza de voluntad —explicó él—. Cada uno a vuestra manera, pero todos.

—Eso se llama «asertividad» —afirmó Esther.

—Una de esas palabras nuevas que se han inventado los pedagogos modernos —dijo la madre, antes de levantarse del sofá para darle un abrazo a su hijo, mientras Esther apretaba los labios y el padre disimulaba una lágrima minúscula.

Mientras friega y recoge los restos del desayuno, Fernando recuerda esa conversación de unos meses atrás en el salón de su casa.

En vez de huevos con panceta, Baltasar esta mañana le ha puesto un buen trozo de bizcocho con mermelada de fresas de su pequeño huerto, una manzana, una rebanada de pan con aceite y miel y la cafetera llena de café ligero, aguado, americano, como a él le gusta, y como Fernando aborrece.

28

Fernando coge el llavero y abre la puerta que da acceso a la torre. Todos los años, Baltasar organiza una visita al faro con sus huéspedes. Esta vez ha querido que el chico recorra solo los rincones del edificio. Porque el faro no es solo una torre redonda y blanca alzada en un cabo para dar luz a los barcos. También ha sido hogar para dos familias durante más de cien años. Antes de que se construyera la casa en la que se albergan ahora los clientes, dos familias convivían estrechamente en el mismísimo faro, que tiene una o dos habitaciones en cada altura. Una escalera de caracol va llevando al visitante a cada uno de los pisos. Son cinco en total, si contamos el último.

En el primero hay una pequeña cocina, que utilizaban las mujeres, la del farero y la de su ayudante, de manera alterna. También hay una salita minúscula donde los más pequeños pasaban horas y horas jugando con su imaginación y con los juguetes que hacían para ellos los mayores con la madera que traía siempre el mar, día tras día, año tras año. Esa salita es la que utiliza ahora Baltasar para leer, ver la televisión y pensar.

En el segundo piso están los dos dormitorios del farero: uno para él y su esposa, el otro para los niños. Fue el padre de Baltasar el que decidió construir la caseta para poder albergar a toda la caterva de críos que iban llegando. En una de esas dos habitaciones duerme ahora el viejo.

El tercer piso era para el ayudante del farero: dos habitaciones más pequeñas. Y el cuarto estaba dedicado a las máquinas que ponían en funcionamiento cada noche la gran linterna hecha de espejos que ocupa todo el piso superior: una cabina de cristal rodeada por un balcón en el que uno puede dar vueltas y contemplar el mar y la tierra desde la altura.

El chico entra en cada una de las estancias, que conservan viejos olores y los muebles que utilizaron las últimas familias que lo habitaron. Desde los años ochenta, la luz se controla desde la comandancia de marina en el puerto de la ciudad. Baltasar solo es el cuidador del faro, y ha querido preservar la memoria de lo que una vez fue hogar para un montón de gente.

Si las paredes hablaran, contarían muchas historias. Fernando recuerda las palabras del viejo, cuando le dijo que había que preguntarle a los objetos para que hablaran. Allí había cosas que habían sido tocadas por otras manos, camas en las que habían dormido y amado muchas personas que probablemente ahora estaban ya muertas. El chico piensa que hay algo de profanación en el hecho de caminar sobre las mismas láminas de madera sobre las que caminaron los muertos. Se sienta en una vieja butaca de terciopelo rojo e imagina al padre de Baltasar y a sus antecesores, con una pipa como la suya, y una barba larga y descuidada, mirando las espirales de humo y recordando todo lo que no habían vivido porque todas sus vidas habían estado ancladas a ese faro.

—Seguro que aquí también hubo historias de amor y de odio —dice en voz alta, mientras coge un libro que hay sobre la mesita que hay junto a la butaca—. *El viejo y el mar*, de Ernest Hemingway.

El chico se sonríe al pensar en que Baltasar también es un viejo en el mar. Lo imagina sentado por las tardes en esa butaca, mientras él duerme la siesta. Cuando uno es viejo no duerme mucho, porque sabe que la noche eterna está cerca y quiere vivir cada minuto, hasta que se es vencido por el sueño y por el cansancio del día. Piensa en el farero cuando era niño y jugaba en ese mismo lugar con sus hermanos ante la mirada tranquila de la madre, a la que imagina sentada en una mecedora y embarazada de su enésimo hijo.

Fernando se levanta y sigue su recorrido por los dos pisos superiores: los viejos dormitorios, en uno de los cuales duerme Baltasar. Intenta adivinar en cuál, pero no lo consigue. Todos están igual de limpios y ordenados. No hay señal de que ninguna de las camas haya sido usada recientemente. Tampoco hay nada sobre las mesillas que muestre que alguien duerme a su lado. No abre ningún cajón porque en casa siempre le han dicho que eso no se hace, y, aunque le pica la curiosidad, se aguanta.

Llega por fin a la puerta del último piso. Saca la llave que ha guardado en el bolsillo y la introduce en la cerradura de una puerta de metal, blindada y muy pesada. La abre y un soplo de aire le da en la cara con fuerza. Cierra enseguida la puerta detrás de él para que el viento salado del mar no entre en el interior y humedezca los muebles y los recuerdos.

29

Se acoda a la barandilla y contempla el mar desde allí. El faro se erige en la punta del istmo, así que está rodeado de agua por todas partes, a excepción de los pocos metros de suelo en los que se asienta la casa y la torre y que son los mismos que lo anudan a tierra firme. A Fernando le gusta sentir el viento en su rostro. Le parece que barre los pensamientos y todos los malos rollos que ha tenido en la cabeza durante los últimos tiempos. También las imágenes de Marisa besándose con Luis. Cierra los ojos. Solo existe el viento. Se pasa la lengua por los labios y nota el sabor salado del aire. Cuando abre los ojos, el mar y el cielo tienen el mismo color y apenas se distinguen. El chico piensa que si se le diera la vuelta al mundo, no se notaría qué es mar y qué es cielo.

Recuerda a los marinos de otros tiempos. A aquellos vigías que tenían su puesto en lo alto del palo mayor de los galeones y desde allí avistaban barcos enemigos o tierras ignotas. Qué pensarían aquellos jóvenes que dejaban casa y familia para adentrarse en los misterios desconocidos de mares inciertos. Muchos de ellos ya no regresarían a sus hogares. Ya no volverían a ver a sus madres y morirían con palabras en su boca que nadie entendería.

—¿En qué piensas, chaval? —le saca de sus pensamientos la voz de Baltasar, que está a su lado desde hace unos segundos. El sonido del viento ha escondido su llegada.

—¡Qué susto me ha dado! —exclama el muchacho, cuyo corazón ha dado un vuelco.

—¿Creías que era un fantasma?

—No, no, señor. Es que no lo he oído venir. Ni la puerta...

—Pues no soy un fantasma. Al menos todavía no... —dice, y le da una palmada en la espalda al chico.

El médico no le ha dado buenas noticias, pero no hablará de ello con su huésped ni con nadie. Solo Escipión será su confidente acerca de su enfermedad porque ambos saben que están caminando hacia el mismo túnel oscuro.

—Se está bien aquí, ¿verdad, chico?

—Se aclaran mucho las ideas.

—Desde luego. El viento del mar arrastra los malos pensamientos y te recoloca en el mundo. No somos mucho más que una mota de polvo en el universo. Está bien darnos cuenta de ello.

—Lo malo es si se lleva también los buenos pensamientos y los recuerdos.

—Esos no se los lleva el viento, te lo puedo asegurar. Esos dependen, a excepción de enfermedades de las que no vamos a hablar, de la voluntad de cada uno. Y desde luego, yo no quiero olvidarme de las cosas buenas. A las malas, que les den. Que se las lleve el viento si quiere.

—Desde que estoy aquí, no pienso en muchas cosas malas que me han pasado.

—Eso está bien.

—Me hace bien hablar con usted, capitán.

—«Oh, capitán, mi capitán» —repite el verso de Walt Whitman que se hizo famoso con una película sobre un profesor y sus estudiantes—. La nave llega sana y salva a puerto, pero su capitán está muerto. De eso habla el poema del que sale ese verso: «Oh, capitán, mi capitán».

—No tenía ni idea.

—Luego te dejo el libro. Está en la biblioteca del primer piso. No hay muchos libros, pero todos los que hay son interesantes.

—He visto que está leyendo *El viejo y el mar*.

—Lo he leído un montón de veces. Me lo sé casi de memoria. Me recuerda que, por mucho que luchemos, la naturaleza es más fuerte que nosotros. Como este viento. Como el mar.

—Pero por mucho viento que haga, el faro no se cae. Y es obra de los seres humanos. La naturaleza no puede con él.

—Con el faro no, con los que vivimos o vivieron en él, sí que puede. —Se queda callado un instante—. Bueno, será mejor que entremos. Empieza a hacer fresco. Vienen nubes por occidente. Han dicho en la radio que habrá tormenta esta tarde.

—¿Puedo preparar yo hoy la comida, señor?

Baltasar lo mira en silencio y arquea las cejas.

—¿Y eso? ¿Eres mejor cocinero que yo?

—No, señor. Pero la tortilla de patata me sale muy bien.

—Pero no comemos tortilla a mediodía. Acaso para cenar. Ahora voy a preparar un pescado que te vas a chupar los dedos. Lo voy a acompañar con un salteado de verduras al horno que no has probado nunca: raíz de apio, manzana y cebollas rojas con aceite y miel. Te vas a caer de culo cuando lo pruebes.

—¿Raíz de apio?

—Me la ha vendido una aldeana que pone un puesto todos los jueves y los viernes en el mercado. Es una exquisitez. Se come mucho en el norte de Europa.

El viejo rodea con su brazo, otrora poderoso, los hombros del chico y ambos entran en el faro. Fernando le da las llaves a Baltasar para que sea él quien cierre las puertas a su paso, detalle que el hombre agradece. Viejo y enfermo, sigue siendo él el guardián del castillo.

30

Después de comer repiten la rutina de estos días. Fernando se acuesta un rato y Baltasar sube al primer piso del faro a leer en esa butaca de terciopelo rojo que ha vivido mejores tiempos. Como él.

No pasa de las tres primeras páginas y se queda dormido aunque no quiere hacerlo. Escipión lo mira desde la alfombra y vigila los sueños de su amo antes de caer él también en los brazos de Morfeo, dios del sueño.

Cuando se despierta de la siesta, Fernando coloca sobre la colcha los dos trozos de tela encontrados en la cueva de los piratas. Primero, el rojo encima y el azul debajo. Luego los dos en posición paralela. Luego en diferentes posiciones. Está seguro de que acabará encontrando la mejor composición para crear el cuadro que se convertirá en un recuerdo de este verano. Un objeto que lo acompañará en todas las casas en las que viva en diferentes lugares del mundo.

Le asalta por un momento la imagen de Marisa, a la que ha decidido borrar de su mente con ayuda del viento del oeste. No deja que entre de nuevo en él, y la sustituye inmediatamente por la recreación que hace de la mujer que sirvió de modelo para la talla de la sirena de madera. A partir de ahora, la Sirim de las narraciones de Baltasar tendrá su rostro y no el de Marisa. Los ojos azules de la chica del instituto serán tapiados en un rincón apartado e inaccesible de la memoria. Los de Sirim pasarán por fin en su imaginación a ser verdes, como en verdad eran los de la joven cingalesa y los de la sirena, a juzgar por los restos de pintura que quedan en el mascarón de proa. Fernando ha aprendido que el olvido también es una cuestión de voluntad, y que regocijarse en el recuerdo de quien no nos ama es una estupidez de grado superlativo. Por eso, a partir del rato que el chico ha estado en lo alto del faro, a merced del viento y la sal, Marisa ha dejado de existir para él. Y por eso mismo, cuando a la vuelta de las vacaciones, todo el mundo hable de la muerte de la chica y de su novio en un accidente de moto, él no tendrá otro sentimiento que la indiferencia.

Mientras sigue colocando las telas para la composición del futuro cuadro, ha entrado Escipión, que lo mira con sus ojos húmedos y la lengua fuera.

—Eh, chico, no te había visto. ¿Te ha mandado el viejo a buscarme?

Por supuesto, el perro no contesta, y Fernando piensa que está bien hablar con los animales, pero que preguntarles es una tontería, porque sabemos que no nos van a contestar. Una vez, en clase de literatura, cuando la profesora explicaba lo de las «interrogaciones retóricas», él le preguntó si se podían llamar así a las preguntas que se les hacían a perros y gatos. Todos sus compañeros se rieron de él y decidió que no abriría más la boca en clase durante el resto del curso. Y lo cumplió en la medida de lo posible.

Guarda las telas en uno de los cajones de la cómoda de su habitación y acompaña a Escipión al faro, donde los espera ya Baltasar con una gran tetera de porcelana azul humeante. Ha sacado de la vitrina dos tazas que hacen juego con la tetera.

—¡Qué bonito juego de té! —exclama Fernando, mientras coge una de las tazas y comprueba lo ligera y fina que es.

—Se lo traje como regalo a mi madre. Lo compré en mi segundo viaje a Ceilán.

—¿El viaje en el que consiguió la primera cita con Sirim?

31

*M*e había arreglado más que el día de mi Primera Comunión, en el que vestí el traje de almirante que me había prestado la tía Encarnación, y que había pertenecido a su hijo pequeño, que había muerto de tuberculosis unos años atrás. Se acercaba la hora de la cita. Cogí el papel con la dirección del templo, el plano y me encaminé hacia allí. Los demás marineros me miraban con una sonrisa irónica y no dejaron de lanzarme sus pullas.

—Vaya, vaya con el chaval. Seguro que lo está esperando alguna sirena en el puerto.

—No. Será alguna damisela de la noche con la que ya habrá pasado algún buen rato otras veces.

—A lo mejor se estrena hoy y por eso hasta se ha perfumado.

—Cuida no te vayan a robar hasta las entretelas.

No me molesté en desmentirles sus palabras. No les iba a contar que mi encuentro no era con ninguna de las mujeres que trabajaban en las tabernas o en los burdeles cercanos, sino con una dama de la que estaba enamorado hasta las trancas. No se lo iba a decir porque pensé que no me habrían entendido. En aquel tiempo, creía que solo yo amaba y era amado. *No sospechaba que todos los demás habían pasado de un modo u otro por el mismo trance. Me creía único y extraordinario.*

En aquellos años no había GPS, ni nadie se imaginaba que un día pudiera existir algo parecido, así que me orientaba con el plano. No me perdí y llegué a la puerta del templo veinte minutos antes de la hora convenida con Sirim.

Había mucha gente que entraba y salía. Los estandartes blancos, amarillos y naranjas informaban de que aquel era un lugar sagrado, y de que dentro se veneraba a Buda. O por mejor decir, a varias representaciones en madera de aquel hombre, cuyo nombre era Sidharta Gautama y vivió entre los siglos VI y V antes de Jesucristo. Un hombre que había cambiado el signo de las religiones y de la vida de tantos millones de personas en Asia y en todo el mundo.

Toda la gente que entraba compraba en los alrededores pequeñas canastillas con flores que ofrendaban en el interior. Había flores grandes que yo no había visto jamás, eran flores de loto, blancas y rosadas. También las había pequeñas, parecidas a los jazmines, amarillas, azules. El olor dulzón de todas aquellas flores inundaba el lugar en el que yo esperaba a Sirim, y borraba el perfume de la colonia de limón que me había puesto en el cuello un rato antes.

* * *

—¿Llegó? —Fernando está impaciente, y, aunque las descripciones que hace Baltasar le interesan para enmarcar las escenas que narra, él quiere saber qué pasó con la chica.

—Claro que llegó. Sirim era una mujer de palabra a pesar de que era muy joven. —Se queda pensativo durante unos instantes y su mirada se vuelve hacia la ventana—. Tenía diecisiete años y yo diecinueve.

* * *

Estaba apoyado en la pared, observando a mi alrededor, cuando vi el coche. Era el mismo que la había dejado junto a su casa la tarde anterior. Bajó y de nuevo se despidió del conductor con un apretón de manos. El coche se alejó mientras ella se acercó a mí. Vestía un sari azul y estaba aún más hermosa que las otras veces. Su piel de color tostado resaltaba todavía más dentro de aquel azul del color de las turquesas que adornaban sus orejas y su cuello.

—Siento haberte hecho esperar —me dijo.

—Me gusta esperarte —le contesté.

Alargó su mano para estrechar la mía, pero yo la llevé hasta mis labios para besarla levemente, como había leído en las novelas que hacían los caballeros con las damas. Ella se ruborizó ligeramente y su sonrisa me dijo que le había gustado mi gesto.

—¿Entramos? —me preguntó.

Compró dos de aquellas canastillas cuadradas llenas de flores. Me dio una y se quedó con la otra. Me sentí fatal: debería haberlas comprado yo antes de que ella llegara y haberle ofrecido una. Pero ni siquiera lo pensé. A juzgar por sus palabras, me había leído el pensamiento.

—Tú no eres budista. No te corresponde a ti hacer la ofrenda al gran Buda, sino a mí, pero quiero compartir contigo mi gratitud porque estoy segura de que ha sido él —señaló hacia el interior del templo— quien ha escuchado mis peticiones y ha propiciado nuestro encuentro.

Entramos y colocamos nuestras ofrendas en el altar delante de una talla de Buda pintada con todos los colores del arco iris. Lo representaba sentado con las piernas cruzadas en la posición del loto, con la mano derecha hacia delante, y la izquierda sobre la pierna y con la palma hacia arriba. Su sonrisa beatífica y amable parecía darnos una cordial bienvenida. Sirim se quedó un rato ante la imagen, con la cabeza baja y las manos juntas. Estaba rezando en silencio, y un rayo del sol que entraba por una ventana lateral la iluminaba como si recibiera una luz sagrada desde el mismísimo cielo. Una luz del más allá, de los dioses. La amé más todavía en ese momento. Sobre todo porque sabía que le estaba agradeciendo a sus divinidades el haberme encontrado. A mí, el pobre marinero hijo de un farero del otro lado del mundo.

En ese momento no me sentí digno de su amor ni de sus plegarias. Me parecía una diosa inalcanzable, como las sirenas de los mascarones de proa, a las que no se puede acceder, a no ser que el barco haya ya naufragado. Sentí deseos de salir corriendo. Sabía que no iba a estar nunca a su altura. Era demasiado hermosa, probablemente demasiado rica y creía en seres divinos muy diferentes de los que mi madre y la tía Encarnación me habían enseñado a adorar.

32

Pero no lo hice. No salí corriendo. Me quedé allí quieto, contemplándola y adorándola como ella adoraba a sus divinidades. Cuando terminó sus plegarias, me indicó que la siguiera y nos adentramos en corredores estrechos que ascendían y descendían por las entrañas del templo. Pequeñas hornacinas guardaban decenas de figuritas de Sidharta, sentado, de pie, con las manos juntas, separadas, con los dedos corazón y pulgar formando círculos..., budas dorados, policromados, de diferentes maderas. Había una iluminación muy tenue que venía de pequeños candiles de aceite colocados en columnas de mármol. Me rocé un brazo con una llama y me quemé ligeramente. No me quejé, aunque me estuvo escociendo la piel durante toda la tarde. Sirim iba delante de mí y no se volvió en ningún momento a comprobar si la seguía. El ruido de mis zapatos baratos le decían que caminaba detrás de ella. Sus sandalias no producían ningún sonido sobre las baldosas y sentí vergüenza del chirrido de mis suelas cada vez que daba un paso. Aquellos eran los únicos zapatos que tenía, y eran de plástico. Incluso en la oscuridad de aquel misterioso pasadizo me daba cuenta de que entre Sirim y yo había diferencias que no se podrían acercar jamás.

Al cabo de unos minutos llegamos a un patio abierto en el que había varias palmeras, un mango y un pequeño estanque con flores de loto.

—¿A que no te esperabas esto? —me preguntó.

Y la verdad es que no. Parecía el claustro de un monasterio europeo, cuadrado y con una fuente en el centro. Pero todo lo demás era diferente: las paredes y los arcos estaban pintados de blanco y, en vez de estatuas de santos, Buda en diferentes posiciones volvía a ser el protagonista único y absoluto.

En el patio se abrían varias puertas. Sirim me indicó que esperara mientras desaparecía por una de ellas. Al cabo de unos minutos regresó. Y lo hizo acompañada por un hombre que llevaba la cabeza completamente rapada y vestía con una túnica de color naranja que le dejaba un hombro al descubierto. Me lo presentó con gran reverencia y me dijo que era uno de los lamas más importantes de todo Ceilán.

* * *

—¿Qué es un lama? —le interrumpe Fernando.

—¿No sabes qué es un lama?

—Si lo supiera no le interrumpiría para preguntárselo —le contesta el chico.

—Un lama es un hombre que se dedica a la vida espiritual dentro del budismo.

—¿Una especie de cura budista?

—Algo parecido. Vamos a dejarlo ahí.

—¿Y qué le dijo?

* * *

No me dijo nada. No se dirigió a mí en ningún momento. Me miraba, inclinaba la cabeza de vez en cuando y hablaba con Sirim en su idioma. Ella me dijo después que el lama no hablaba inglés, que era la lengua en la que nos comunicábamos nosotros. También me contó que era un hombre muy sabio, que llevaba casi toda su vida estudiando los textos sagrados y meditando. En un momento dado, nos mandó sentar en uno de los bancos que había junto a la fuente. Sacó de un saquito que colgaba de su cintura unos hilos trenzados de algodón amarillo y naranja. Primero pidió la mano de Sirim y le anudó uno de los hilos en la muñeca a modo de pulsera. Luego hizo lo mismo conmigo. Dijo en voz alta unas palabras que Sirim repitió varias veces sin dejar de mirarme. A continuación, nos saludó con una inclinación de cabeza y se marchó por la misma puerta por la que había salido.

—¿Qué es esto? —le pregunté a Sirim en cuanto nos quedamos solos.

—Es un amuleto de protección. Mientras lo llevemos puesto nada malo nos puede pasar. Está bendecido por él y por el propio Buda.

Aquello me pareció muy raro, pero no dije nada. Al fin y al cabo, mi madre también guardaba como si fuera una reliquia un rosario que la tía Encarnación le había traído de Roma y que estaba bendecido por el mismísimo Papa Pío XII.

Volvimos a adentrarnos en el angosto pasillo que nos condujo de vuelta al templo. Hombres, mujeres, niñas y niños hacían sus ofrendas de flores en silencio. Solo se escuchaban los roces de las telas de los saris y las suelas baratas de mis zapatos.

33

Baltasar interrumpe su narración de repente. Ha oído el motor de un coche que se acerca. Se levanta y sale a la puerta. Efectivamente, hay un automóvil del que bajan dos mujeres rubias que le hablan en inglés y le preguntan si se pueden hospedar en el faro. Él les dice que no, que no hay habitaciones libres, y que prueben en el hostal del pueblo. Ellas le piden si pueden visitar el faro para hacer unas fotos y él les dice que tampoco. Que el faro no se visita, que ni siquiera tiene llave. Ellas no se lo creen, dicen un par de palabrotas y se marchan visiblemente enfadadas y decepcionadas.

—¿Por qué les ha mentido?

—No quiero más visitantes, ya te lo había dicho. Este verano estoy bien así, contigo y con Escipión.

El viejo no le dice al chico que sus padres le han pagado un dinero extra para que la casa sea solo para Fernando y para que no tenga que compartirla con nadie más. Con el recuerdo de la pandemia del COVID y sus consecuencias aún recientes, todavía hay cierto miedo a hacer vida social con desconocidos. Además, ellos creen que Baltasar le hará bien a su hijo. El hombre tampoco le cuenta que no se siente con fuerzas para atender a más clientes que a él. Su enfermedad lo va dejando cada vez más débil. Está bien cocinar para dos, para tres contando al perro, pero atender a más gente podría ser demasiado agotador.

—Además, me han parecido bastante impertinentes esas dos.

—¿De dónde eran?

—Creo que del norte de Inglaterra. Lo digo por el acento.

—¿Reconoce los acentos ingleses?

—He pasado muchos años hablando inglés con gentes de diferentes partes del mundo. Claro que reconozco los acentos. Y esas dos hablaban un inglés de clase trabajadora con pocos estudios. Un inglés de gente que no ha leído a Shakespeare, vaya.

—Ese es un comentario muy clasista, ¿no le parece, capitán?

—No. No es clasista. Es realista. Mira, chico, yo no miro a nadie por encima del hombro. Pertenezco a la clase trabajadora y a mucha honra. Pero distingo a la gente instruida de la que no lo es. Cuando era joven, no todo el mundo tenía oportunidad de estudiar, de leer, de aprender. Ahora todos pueden hacerlo. Al menos, en esta parte del mundo. Así que la vulgaridad en estos tiempos es un acto de voluntad que me cuesta mucho aceptar. Yo he sufrido desarraigo social en algunos momentos de mi vida. No estaba ni en un sitio ni en otro. Para los ricos era un pobre marinero. Para las gentes del pueblo, un hombre de mundo. ¿Y quién era yo en realidad?

—¿Baltasar, el marino?

—Baltasar, sin más. Ese era y ese soy. Y ese seré hasta el día en que me muera.

El coche se ha alejado y ha levantado polvo por el camino que conduce hasta la carretera. Hace días que no llueve y está seco. De nuevo vienen nubes por occidente, y esta vez tienen pinta de ir a dejar lluvia.

—Habrá tormenta esta noche, chaval. A Escipión no le gustan nada los truenos, ¿verdad, amigo mío?

El perro mueve el rabo de un lado a otro despacio y sin ritmo. Hubo un tiempo en el que batía el lomo con el extremo del rabo. Ahora apenas tiene fuerzas para levantarlo.

—Pero tú no tendrás miedo de las tormentas, ¿verdad, chaval?

—No, claro que no.

—Eso es porque te has criado en una ciudad, y no has sufrido ninguna en medio del océano. Cuando se ilumina la noche porque los relámpagos rompen el cielo, y estás en un barco que sube y baja al vaivén de olas gigantescas, la cosa cambia.

—Pero ahora estamos en tierra.

—Los que hemos vivido en el mar, lo llevamos siempre con nosotros. Al mar y a las tempestades.

Regresan al interior del faro. Baltasar enciende una lámpara en la cocina y se vuelve a sentar en su butaca. Vuelve a humear su pipa.

—¿Y si no hay habitaciones libres en el pueblo? —pregunta Fernando—. Si esas dos mujeres tienen que dormir en el coche en medio de la tormenta, lo van a pasar mal.

—Y a lo mejor te crees que me importa lo que les pueda pasar.

—Pues sería un acto de caridad ofrecerles una habitación.

—Yo no hago actos de caridad, muchacho. Hace ya muchos años que dejé de hacerlos. Además, cuando se han ido, me han gritado «*piss off*». Y no voy a meter en mi casa a nadie que me haya dedicado semejante lindeza. Aunque se les caiga el cielo a trozos encima de sus cabezas —dice el viejo antes de continuar su historia, iluminadas su voz y sus manos por la pequeña luz de la lámpara que ha encendido.

34

*S*alimos del templo y nos dirigimos hacia el barrio
residencial donde vivía Sirim. Dimos un paseo
caminando. Le ofrecí ir en uno de esos vehículos
abiertos que llaman «tuc-tuc», pero ella declinó la
invitación. Prefería ir caminando, me dijo. Así po-
dríamos charlar por el camino. Lo hicimos. Yo le
conté mi vida en el mar, en el faro, mis experiencias
en la escuela con don Senén, mis juegos con mis
hermanos. En realidad, no tenía mucho que contar,
aunque entonces creía que sí. Mi vida cabía en un
par de bolsillos y en diez minutos de narración.

Sirim me habló de ella: había dejado el colegio
tres meses atrás y vivía con su madre en una vieja
mansión colonial que había pertenecido a su padrino, un inglés que había vuelto a Londres después de
la independencia de Sri Lanka, o sea, de Ceilán.
Como los ingleses no podían ya ser propietarios de
viviendas, había puesto la propiedad a nombre de las
dos. Ellas no eran de Colombo, sino de una ciudad
más pequeña de la costa, una localidad amurallada
que había sido portuguesa, luego holandesa y después inglesa. Allí mantenían su vieja casa familiar, a
la que iban en verano para huir del calor pegajoso

y del ruido de la capital. La familia poseía arrozales, una plantación de té en las montañas y acciones de una mina muy fructífera, entonces no entendí de qué.

Cuando llegamos a la puerta de su casa, pensé que me despediría allí mismo. Lo suponía y lo temía porque mi barco zarpaba al día siguiente y no volvería a verla hasta dentro de unos meses, cuando volviéramos a Colombo para recoger más té. Me equivoqué. Me invitó a pasar. El jardín era aún más hermoso de lo que había imaginado. Más hermoso y más grande, pues detrás de la mansión era todavía más extenso. En el porche había unos sofás de tela amarilla y de mimbre. Nos sentamos allí y ella llamó con una campanilla que había en la mesa. Enseguida llegó un criado que nos saludó con una reverencia. Ella le dijo algo en su idioma y el hombre volvió al cabo de un rato con una bandeja en la que había una botella con zumo de mango, un jarrón vacío, dos vasos y un plato con dulces de almendras y miel. Me preguntaba si las manos que nos servían la merienda eran las mismas que había entrevisto en una ventana el día anterior. El sirviente se retiró, y Sirim y yo nos volvimos a quedar solos. Todavía no le había dicho que me marchaba al día siguiente, y no sabía cómo hacerlo. Parecía tan feliz en mi compañía como yo en la de ella.

—Ha sido hermoso visitar el templo contigo, y recibir este regalo del lama —dijo, mientras acariciaba la pulsera de algodón de mi muñeca.

—La tarde entera ha sido muy especial —le confesé, mientras cogía su mano con la mía.

Me miró con aquella sonrisa suya que no he olvidado a pesar de todos los años transcurridos, y no pude evitar intentar besarla. No pude y no quise. Porque si no hubiera querido, no lo habría hecho.

* * *

—¿Y la besó? —le pregunta Fernando, y sus palabras rompen la ensoñación en la que por unos momentos Baltasar ha vivido a través de sus recuerdos.

—Eso no se pregunta, muchacho —le contesta y se levanta desde la penumbra.

En ese momento se oye el primer trueno y Escipión empieza a ladrar y a dar vueltas sobre sí mismo hasta que encuentra una posición cómoda y segura debajo de la mesa.

—Será mejor que cerremos la puerta, chaval.

—¿Por qué?

—Cuando hay tormenta no hay que tener una puerta abierta. O dos o ninguna.

—¿Y eso por qué?

—Si entra un rayo por una puerta y no encuentra salida, destruye todo. Si hay otra puerta o ventana abierta, se escapa por ella y apenas hay daños.

A Fernando no le convence la explicación, pero no dice nada.

—Así me lo contaron y así lo he hecho siempre.

—¿Don Senén?

—Mi padre, que sabía de rayos mucho más que don Senén.

Escipión sigue ladrando. Algo lo inquieta además de la tormenta. Se levanta sobre dos patas junto a la ventana desde la que se ve el muelle.

—Vamos, amigo, ¿qué te pasa? No tendremos de nuevo visita, ¿verdad?

Y no. No tienen visita. Las dos mujeres inglesas han encontrado acomodo en el hostal y a estas horas están cenando una mariscada en el único restaurante que ha sobrevivido en el pueblo después de los meses duros.

Escipión ladra porque recuerda que su amo no amarró bien la barca después de la excursión a la cueva de los piratas. No hizo el último movimiento del nudo as de guía, y la barca se puede soltar del noray. Algo distrajo a Baltasar para no terminar bien el nudo y luego olvidarlo. Pero Escipión lleva años observándolo, y supo enseguida que el viejo no lo había hecho bien. Intentó llamar su atención con sus ladridos, pero no le hizo caso. Y ahora, en plena tormenta, se acaba de acordar e intenta advertirle.

—¿Qué pasa, muchacho? —vuelve el hombre a preguntarle, y esta vez se acerca a la ventana para mirar. Entonces se da cuenta de que la pequeña embarcación está a punto de soltarse—. Chaval, tenemos que salir.

—¿Qué ocurre, capitán?

—Que el viento y las olas han soltado la barca pequeña, y la vamos a perder como no nos demos prisa. ¿Qué ha podido pasar?

—Tal vez no se apretó bien el nudo —se atreve a decir Fernando.

—Yo siempre hago bien los nudos. Llevo toda mi vida amarrando barcas y velas —dice, con una sombra de furia en los ojos.

Sabe que está perdiendo capacidades, pero no lo va a reconocer nunca delante del chico. Tampoco delante de Escipión.

35

Bajan los tres al muelle. Llueve con fuerza y el viento casi no les deja avanzar. Escipión se ha armado de valor y los ha acompañado. El chico se mete en el agua para alcanzar el bote, que se ha desanudado y se acerca demasiado a La Dama de Ceilán. Con mucho esfuerzo, consigue atraerla hacia su cuerpo y la arrastra hacia el noray. Junto a él está Baltasar, con la cuerda en la mano.

—Muy bien, chico. Ahora toma el cabo. Hay que hacer el nudo.

—No sé hacer nudos marineros, señor.

—Yo te lo voy explicando. Solo tienes que seguir mis instrucciones. Y tú —le dice al perro—, cállate ya, que entre tus ladridos y la tormenta, el chico no me va a oír.

El perro se calla y se sienta al lado de su amo, que le va explicando a Fernando cómo amarrar el bote. El as de guía es uno de los nudos más difíciles para un principiante, pero es lo que hay. Después de un par de intentos fallidos, al tercero consigue hacerlo bien y la barca queda asegurada.

—Ahora ningún viento la va a mover de ahí —afirma el hombre—. Buen trabajo, chaval. Y buen trabajo también el tuyo, Escipión. Sin tu aviso, habríamos perdido el bote para siempre.

Arrecia la tormenta y vuelven al faro, que justo en ese momento comienza a iluminar el mar.

—Deberían haberlo encendido antes. La tormenta ha oscurecido todo antes de hora —dice el hombre.

Ya dentro, se quitan los impermeables. Llevan los pantalones mojados. Baltasar sube a su habitación a cambiarse de ropa. El chico va a la casa y hace lo mismo. Ve que hay un mensaje de su madre y otro de uno de sus compañeros de fútbol. Los contesta y rápidamente vuelve a la torre.

Mientras, en el horizonte se confunden los relámpagos con el haz de luz que sale del faro. Se protege con un gran paraguas que ha encontrado en la percha de la entrada y se queda quieto unos segundos mirando la noche. Vuelve a pensar en los marineros que navegaban en barcos de velas y mástiles, con torres de vigilancia y mascarones de proa. En las noches de tormenta debían de echar mucho de menos los brazos de una mujer o la sonrisa de un niño. O simplemente una cama y una habitación que no se moviera como si la tierra estuviera temblando. Mira La Dama de Ceilán, a la que mueven las olas, pero permanece bien amarrada a su noray, la proa hacia tierra, la popa mirando al océano por el que navegó Baltasar tantas veces pensando en aquella otra dama de Ceilán, en Sirim, cuya historia quiere seguir escuchando.

—Vamos, chaval. Entra de una vez —oye la voz de Baltasar desde el interior—. Que ya me ha dado tiempo hasta de preparar la cena.

El chico entra y como por arte de magia, el viejo tiene ya la mesa puesta. Una bandeja con calamares y una ensalada de tomates, lechuga, aceitunas verdes, huevo duro y atún con mayonesa le esperan antes de volver a Colombo y a Sirim.

— ¡Qué rapidez! —exclama el chico.

—Llevabas un buen rato ahí fuera contemplando la noche. Yo hacía lo mismo que tú cuando vivía en el barco. Las noches de tormenta salía a cubierta y miraba el cielo que siempre deparaba alguna sorpresa.

—¿Cómo el buque fantasma? —pregunta Fernando.

—Ya no lo volví a ver después de aquella mañana de niebla. Supongo que seguirá vagando por las mismas aguas. ¡Quién sabe si algún muchacho imberbe lo está viendo en estos momentos en algún punto cercano al cabo de Buena Esperanza! ¡O al cabo de Hornos, que también me han contado que ha sido avistado por allí!

Fernando está a punto de decir que eso son leyendas de marineros y de viejas, pero no lo hace. Sabe que un comentario así tal vez ofendería a Baltasar, que podría decidir no contarle nada más acerca de Sirim. Y Fernando quiere seguir escuchando.

Cenan casi a oscuras porque a Baltasar no le gusta tener nada eléctrico enchufado cuando hay tormenta, así que los ilumina solo la luz del faro cuando en su giro lanza su haz hacia el sur. El muchacho piensa que hay algo de inquietante en llevarse el tenedor a la boca casi sin verlo, y en hablar con un hombre al que apenas se ve. Nunca había pensado en cómo se sienten las personas ciegas, orientándose por los sonidos y no por las formas. Lo hace ahora, y se acuerda de que una vez, una escritora ciega a la que conoció en una librería le dijo que siempre lleva tacones porque su ruido al caminar la orienta acerca de los espacios en los que se encuentra. Han pasado dos años y medio de aquel momento y es ahora cuando entiende el significado de aquellas palabras.

36

Ninguno de los tres tiene ganas de irse a dormir. La carga de electricidad que conlleva la tormenta los ha despejado. Baltasar vuelve a su butaca. Fernando lava los platos y se sienta en su silla. Escipión sigue acurrucado debajo de la mesa. Parecen tres personajes rememorando los tiempos en los que se contaban historias de aparecidos al amor de la lumbre, durante las noches oscuras en las que alumbrar con velas o aceite de ballena era demasiado caro para hacerlo todos los días.

—¿Dónde nos habíamos quedado, chico?

—En el beso.

—¿Qué beso?

—El que estaban a punto de darse Sirim y usted —contesta Fernando.

—Ah, ya. El que estuvimos a punto de darnos, pero no nos dimos —reconoce Baltasar y emite un chasquido con los labios.

—¿Y eso por qué?

—Porque ella se levantó en el preciso momento en que acercaba mi boca a la suya y me quedé con las ganas.

—Pues vaya.

—Eran otros tiempos, jovencito. Entonces no se besaba una pareja en la primera cita. Ni en la segunda. A lo mejor, ni en la tercera.

* * *

El caso fue que Sirim se levantó y se acercó a una planta que tenía unas flores amarillas que no había visto jamás. Cogió un ramillete y lo puso en el jarrón que había traído el criado y que aún estaba en la bandeja.

—Son muy bonitas —le dije.

—Y huelen muy bien —me miró y siguió hablando—. Te vas a ir pronto, ¿verdad?

—Sí. Me voy mañana.

—No está bien intentar besar a una chica cuando uno sabe que se va a marchar. ¿No te parece?

Y no, no me lo parecía. Yo quería llevarme conmigo el sabor de sus labios.

—Yo solo quería... —balbucí.

—No importa —repuso—. ¿Volverás?

—Sí.

—¿Y a dónde se dirige tu barco?

—A Inglaterra. Llevamos un cargamento de té. A los ingleses les gusta mucho el té de Ceilán.

—Claro. Y el mejor de la isla es el de nuestra plantación. Al menos eso dicen.

Entonces se volvió a levantar mientras se frotaba los dedos de las manos, en un gesto que repetiría muchas veces después.

—Voy a pedirte un pequeño favor.

—El que quieras.

—Verás, mi padrino tuvo que volver a Inglaterra. Se porta muy bien con nosotras, y a mí me gustaría mandarle un pequeño regalo. ¿Podrías llevárselo?

—Claro. Nada me gustaría más. Pero ¿no me has dicho que vive en Londres? Mi barco desembarca en Southampton.

—Eso no importa. Él viaja mucho a esa ciudad por negocios. Tiene una casa también allí. Le avisaré para que te reciba.

—De acuerdo —le dije.

Y ella cogió mi mano y la apretó entre sus dedos, que eran largos y delicados como los de alguien que no ha fregado un plato en toda su vida. Entonces se levantó y desapareció tras la puerta de la casa a la que no me invitó a pasar en ningún momento. Yo también me levanté cuando lo hizo ella, pero me quedé paseando por el jardín. En un instante en el que miré hacia los ventanales del piso de arriba volví a ver la misma silueta de la tarde anterior. Una silueta cuya mano repetía el mismo movimiento de correr la cortina para ocultarse de mi mirada. Solo pude ver que se trataba de una mujer.

37

*P*asó un buen rato hasta que Sirim regresó. Llevaba una caja en sus manos. Era una caja en forma
de cubo. No muy grande, de quince por quince centímetros aproximadamente. Estaba envuelta en papel de celofán y precintada con un lazo rojo y con
un sello de lacre.

—Es una caja del té más exquisito de nuestra
plantación. Un té blanco de primeros brotes. Se hace
muy poco y no se comercializa. Es importante que la
caja permanezca sellada para que no pierda su aroma ni su sabor. Es el favorito de mi padrino, pero es
muy difícil hacérselo llegar. Guarda esta cajita como
un tesoro y entrégasela a él personalmente.

—¿Cómo lo encontraré? Necesitaré una dirección para buscarlo.

—Él lo hará. Dime el nombre de tu barco. Él se
informará para saber cuándo llega la nave y te bus-
cará. No te preocupes de más.

—Se llama San Valentín de Berriochea —le dije.

—¡Oh! ¿No es San Valentín el que los cristianos
celebráis como patrón de los enamorados?

Y al hacer la pregunta volvió a mirarme con aquellos ojos verdes que tanto refulgían en su cara morena,

y que tenían un color tan diferente a todos los de las demás personas que había encontrado en Ceilán.

—Ese es otro —le contesté.

Y le conté la historia del mártir vasco decapitado en Vietnam, y la del Valentín romano, martirizado por casar a soldados en una época en la que el emperador había decidido que los soldados lucharían mejor si seguían solteros. Sirim se ruborizó al escuchar mis palabras.

—Voy a escribir el nombre para que no se me olvide.

Y volvió a entrar en la casa, de donde salió inmediatamente con un lápiz y un cuaderno de notas. Una vez hubo anotado el nombre, se levantó y se quedó quieta a mi lado. Me estaba invitando a irme.

—Te estoy muy agradecida por el favor tan grande que vas a hacerme al entregarle el paquete a mi padrino. Es muy importante para mí que le llegue bien. Como te he dicho, tanto mi madre como yo le estamos muy agradecidas. No te olvidarás, ¿verdad?

—¿Cómo iba a hacerlo? Pensaré en ti cada minuto hasta que vuelva a verte.

—Me refería a entregar la caja.

—Tampoco me olvidaré. Es una encomienda tuya. La llevaré a cabo con todo mi cuidado y con todo mi amor.

—«Con todo mi amor» —repitió ella—. Así pensaré yo también en ti. Con todo mi amor.

Acercó su cara a la mía y me dio un beso leve, ligero, silencioso. Un beso que todavía hoy siento en mi piel. Era la primera vez que una mujer que no fuera mi madre, mis tías o mis hermanas me besaba. Y aunque solo fue un casto beso en la mejilla, me supo como si todos los ángeles del cielo, junto con arcángeles, serafines y querubines me hubieran besado, y con las plumas de sus alas me hubieran hecho cosquillas en las plantas de los pies.

Me marché sin volver la vista atrás. No quería encontrarme con el rostro que, estaba seguro, vigilaba mis movimientos desde el otro lado de la ventana. Sirim había entrado en la casa justo después de besarme, sin darme opción a devolverle el beso, ni a decir nada. Había puesto la caja de té en mis manos como si hubiera dejado en ellas un tesoro. Sin duda para ella lo era, pensé en aquel momento. Así que lo era también para mí. Tocar aquella caja era como volver a tener sus dedos entre los míos. Y aquello me parecía suficiente.

* * *

—¿Y tanto cuidado por una caja de té? —lo interrumpe Fernando.

—Todo por una caja de té... —repite Baltasar—. Se ha hecho tarde, muchacho. Hoy he tenido un día duro. Será mejor que nos vayamos a dormir. Es casi medianoche; es la hora en la que salen las brujas y se retiran los viejos marinos con sus perros moribundos.

Se dan las buenas noches y Fernando sale del faro. Se queda un rato fuera. Le gusta que la luz pase por encima de él durante unos segundos. Una ráfaga de luz que lo ilumina a él y a todo lo que lo rodea. Incluso se ve el pueblo, mucho más allá, en el oeste. Se acuerda de las dos mujeres inglesas que querían dormir allí y se alegra de que el farero las haya mandado al hostal. Tampoco a él le apetece ahora convivir con otra gente, y oír otras voces. Aunque hubiera podido practicar su inglés.

Esa noche, ninguno de los tres consigue dormir bien. Escipión está al acecho y cada ruido le parece un nuevo trueno. Los truenos traen lluvia y luces blancas que deslumbran sus ojos cansados de viento, de agua y de sal. Está preocupado por su amo: es la primera vez que le ocurre lo del nudo con la barca. El viejo siempre ha sido muy cuidadoso con esas cosas, y jamás se había despistado de esa manera. Además, ha notado algo diferente en su mirada. Si pudiera hablar, el perro no sabría decir qué, pero ha visto un extraño brillo acuoso en los ojos del viejo marino.

Baltasar no deja de darle vueltas a lo que le he dicho el médico por la mañana. No quiere hacerlo, pero no lo puede remediar. Le queda poco de vida. Como mucho, cuatro o cinco meses y, aunque lo tiene asumido desde hace tiempo, la cercanía de una fecha tan fatídica lo incomoda, sobre todo porque aún no sabe quién se quedará a cargo del faro. Sus sobrinos se dedican a otros menesteres y no se imagina a ninguno de ellos haciendo la vida que hace él. Y dejarlo en manos de un funcionario cualquiera lo desespera.

Fernando piensa en Sirim y se pregunta por qué a veces la gente se enamora de personas tan diferentes. Sus padres no tienen nada aparentemente en común, y llevan juntos casi veinte años, pero nadie apostaba un euro por ellos cuando se casaron. A ella le gusta el *jazz* y a él el pop español de los años setenta. Su madre prefiere ir de vacaciones al mar y a su padre le apasiona la montaña. Él se va unos días a hacer senderismo con un grupo de amigos entre los que se encuentra cierta joven psicóloga a la que ha conocido hace tres años, y acepta una semana en el faro con su familia como mal menor. Y ella aprovecha cuando su marido se va a caminar en busca de lagos en la montaña para encontrarse con su viejo novio de la universidad, con el que tiene un lío que nadie sospecha. Fernando tampoco.

38

Por la mañana, el sol luce en medio de un cielo resplandeciente, y dora la superficie del mar como si nunca hubiera habido una tormenta desde que el mundo es mundo, y como si jamás la fuera a haber hasta que el sol se convierta en un agujero negro y desaparezcan la tierra y el sistema solar entero. A veces a Fernando le parece que el sol es el ojo del firmamento. Un ojo que vigila y que lo ve todo, hasta los más profundos e íntimos pensamientos.

Cuando era pequeño, cerraba los ojos cada vez que lloraba o que se acordaba de sus peores momentos en el colegio. Creía que como él no veía nada, el sol tampoco vería que estaba llorando y sufriendo. Ahora ya no le importa que el sol lo vea llorar o pensar. Sabe que está ahí arriba porque hubo una extraña explosión hace millones de años, o algo así. En cuanto hay cifras tan altas, se pierde con los números. Un millón de años más o menos no es nada en el conjunto del universo, había dicho una vez la profesora de Física, y él no había entendido nada, pero le daba igual: el sol alumbraba y daba vida, y lo demás le importaba un pimiento. Igual que las otras estrellas, de las que contaba la misma profesora que, aunque las veamos, hay muchas que ya no existen.

—¿Eso quiere decir que vemos cosas que no existen? —se había atrevido a preguntarle.

—Exacto, Fernando. Vemos estrellas que llevan muertas millones de años, pero nos llega su luz.

—¿Vemos una luz que no existe? —insistió él.

—Las estrellas no existen, pero la luz que emitieron sí que existe.

Lo cual era un lío monumental que no se molestaba en comprender. Se limitó a aprenderlo para poder contestar en el examen, si caía una pregunta sobre estrellas, y para decírselo a las chicas que le gustaran porque queda muy poético hablar de las estrellas para ligar. O al menos eso es lo que creía, y cree, porque todavía no ha tenido la oportunidad de contemplar las estrellas con ninguna chica que le guste. Cuando por fin se enamore y sea correspondido, tres años después de su estancia en el faro con Baltasar, no se acordará de las estrellas, ni de la luz que emitieron hace millones de años ni de que vemos cosas que no existen.

—¿Qué pasa, chaval? —Baltasar lo saca de sus pensamientos estelares.

—Nada. Estaba pensando.

—No pienses mucho, que no es bueno. ¿Qué planes tienes hoy?

—Ninguno. Tal vez dar un paseo por el acantilado.

—Puedes llevarte a Escipión. Yo hoy voy a quedarme por aquí. Tengo algunas cosillas que hacer y que solucionar por la mañana. He de hacer algunas llamadas telefónicas y mandar varios correos electrónicos. Cosas de esas que se van dejando para más adelante. Pero me temo que ya ha llegado el momento de ponerlas en orden.

—Si puedo ser de alguna ayuda... —se ofrece el chico.

—No. No puedes. Te lo agradezco, pero no puedes. Escipión te acompañará. Le gusta andar por los escollos. Al menos antes le gustaba —dice, y Fernando observa un cierto velo de melancolía en los ojos y en la voz del viejo.

Desayunan en silencio, cada uno absorto en pensamientos muy diferentes. Cuando acaban, el chico friega los platos y el viejo sube a su habitación. Es allí donde guarda los documentos que tiene que organizar. Cuando los encuentre todos, bajará de nuevo a la cocina, que también es sala de estar y despacho, los escaneará y se los mandará al abogado que le lleva todos los asuntos legales. Escipión preferiría quedarse a su lado, pero él insistirá para que acompañe al chico.

—En esta vida hay cosas que tenemos que hacer solos, amigo Escipión —le dirá cuando el perro suba y se acomode a su lado entre los documentos—. Venga, baja y vete con el chico, que en este momento necesita tu compañía más que yo.

El perro obedece y cuando sale al exterior, Fernando ya está preparado para el paseo. Se ha puesto las botas de caminante, ha cogido un bastón y en la mochila pequeña ha metido la botella con agua y un pequeño bocadillo de queso con lechuga, que es su favorito.

39

Salen sin rumbo fijo. El faro está en el extremo de un cabo. El cabo es largo, tiene más de ocho kilómetros. Recorrerlo por el acantilado occidental es más largo que hacerlo por el oriental, que es por donde llegó el chico caminando unos días atrás. Decide andar por ese lado. Desde allí se ve incluso una parte de la ciudad. Recorren zonas de pastos donde siempre hay vacas comiendo o reclinadas mirando a sus compañeras o al mar. A las vacas les gusta comer esa hierba que crece cerca del mar porque el aire hace que sepa a sal, y la sal les gusta a los animales.

A Fernando no le gustan los cuernos de las vacas. Siempre le han dado mucho miedo. Cuando era pequeño y visitaban el pueblo de sus abuelos durante las fiestas, no entendía que la gente disfrutara corriendo por las calles delante de unas vacas negras y escuálidas, con unos cuernos muy afilados que podían clavarse en cualquier momento entre las costillas del corredor, o sacarle directamente las tripas y arrastrarlas por el pavimento. No le veía la gracia y además el pensamiento le provocaba pánico.

—Te encontrarás vacas, chaval —le ha dicho Baltasar un rato antes—. Pero no te preocupes. No las mires a los ojos, pasa de largo. No hacen nada. Si ves que tienen algún ternero, no te acerques demasiado porque protegen a sus crías como cualquier madre. Pero no te harán nada. Están acostumbradas a ver gente y les importamos un comino.

El chico y el perro pasan a varios metros de las vacas, que se quedan quietas, mirándolos fijamente. El muchacho teme que Escipión les ladre y las asuste, pero Escipión las conoce ya desde hace tiempo, y sabe que no hay que molestarlas, que si llevan una vida apacible, su leche es mejor. Y a él le gusta mucho la leche. Le recuerda a sus primeros meses de vida, cuando se afanaba en beber de las ubres de su madre, junto a los cinco hermanos con los que nació. Enseguida los separaron y nunca volvió a saber nada del resto. Tampoco de su madre. Pero el sabor de la leche le devuelve aquellas imágenes de infancia como cualquier magdalena hace con los adultos, según una de las novelas más famosas de todos los tiempos, que tiene que ver con la recuperación del tiempo que se fue. Aunque eso Escipión no lo sabe. Ni Fernando. Baltasar sí, porque leyó ese libro de Marcel Proust durante una de sus estancias más largas en el mar.

En lo alto del acantilado hay restos de una vieja ermita. Fernando ha ido alguna vez con sus padres de pequeño. Pero en las últimas visitas ya dejaron de hacerlo. Al chico le apetece volver. Recuerda que en las paredes había restos de pinturas de otros tiempos.

—¿Vamos hasta la vieja ermita? —le pregunta al perro, que mueve el rabo para contestarle que sí, que hace mucho que él tampoco va hasta allí, que Baltasar no sale ya del faro si no es con el coche o con el barco, y que él tiene ganas de volver.

Entre aquellas paredes conoció a una perrita de la que anduvo enamorado durante una buena temporada. Se veían allí a escondidas. Un día ella empezó a engordar y tuvo tres cachorros que se parecían extraordinariamente a Escipión, que nunca llegó a verlos porque el amo de su novia los mató en cuanto nacieron para que ella volviera a cumplir con su tarea de perra de caza, que era para lo que aquel hombre la mantenía.

Caminan todavía un buen rato con el mar a su derecha hasta que llegan a las ruinas. Quedan dos paredes y el resto de un arco de lo que había sido un pequeño claustro. Al principio vivía allí un hombre del que todos decían que era un santo porque tenía poderes para curar ciertas enfermedades de la piel. Su fama fue tal, que otros hombres quisieron vivir con él, así que lo que en principio era un refugio solitario, llegó a convertirse en un pequeño convento, donde vivieron cinco ermitaños, y a dónde acudían gentes de las localidades cercanas para curarse. En realidad, lo que les daban a los enfermos era agua de mar en pequeñas botellitas bendecidas. Algunos se curaban y otros no.

En cuanto llegan, Escipión echa a correr por los restos de la ermita, como si buscara a su novia perdida. Fernando lo llama, pero el perro no le hace caso. Escipión siente todavía que el olor de su enamorada ha permanecido en el aire, como dicen que permanecen las voces de los muertos. El chico se sienta sobre una piedra y saca el bocadillo y la botella de agua. El mar está tan quieto como las vacas. Ni un soplo de brisa en su piel. Como si el mundo se hubiera parado de nuevo. Se paró durante el tiempo que duró la pandemia. En las clases virtuales, la profesora de Música decía que todo era como si la tierra hubiera dejado de girar. Se había quedado con aquella frase y la repetía para sí de vez en cuando. Él había disfrutado de las «teleclases». Prefería la soledad de su habitación a las sonrisitas que seguía recibiendo de parte de sus compañeros, y a la indiferencia de Marisa y de las demás chicas. Durante aquellos meses, no había echado de menos las clases presenciales, y sentía que había aprendido mucho más que durante las interminables horas en el aula.

Siente el hocico del perro junto a su cuello.

—¿Qué te pasa? ¿Acaso este lugar te trae el recuerdo de algún amor perdido? —adivina Fernando.

El chico piensa en Sirim y en el viejo, que lleva años recordándola. Y en los hombres solitarios que vivieron entre paredes que ya no existen, y de las que son vestigios las piedras que lo rodean. Hombres de siglos pasados que dejaban el mundo para vivir una vida de pobreza y meditación, y que sobrevivían de vender agua marina. Probablemente compraron vacas con cuya leche harían queso y se alimentarían de él y de los peces que, a buen seguro, pescaban. Hombres que dejaban el mundo..., ha pensado. Como Baltasar cuando se embarcaba rumbo a tierras lejanas, y pasaba meses y meses en alta mar, en medio de ninguna parte, entre vientos, recuerdos y buques tan llenos de espectros como sus pensamientos.

40

Escipión está inquieto y quiere volver al faro. Fernando se da cuenta y mete los restos del almuerzo en la mochila. Dejan atrás las ruinas de la vieja ermita con sus fantasmas y el musgo que ha crecido en las piedras que los canteros tallaron hace cientos de años. Pasan de nuevo junto a las vacas, que esta vez no se molestan en observar a los dos caminantes. Siguen comiendo la hierba salada que dará un sabor especial a los quesos que fabricarán los granjeros con su leche. Enseguida ven el faro y la casa a lo lejos. El perro echa a correr hacia su hogar, pero se para pronto. Ya no puede correr tanto como antaño. La emoción por los recuerdos de su novia perdida ha consumido parte de su energía y ahora no tiene fuerza para llegar corriendo hasta la punta del cabo, como ha hecho tantas veces.

Caminan despacio por el acantilado y Fernando distingue una barca que se acerca a la cueva de los piratas.

—Vaya. Nuestra cueva va a tener visita —dice, y Escipión le contesta con un ladrido.

El chico distingue dos figuras en la barca que se acerca a la gruta. Piensa que tal vez sean las dos mujeres de ayer, pero enseguida se da cuenta de que no son ellas. Se trata de un hombre y una mujer de mediana edad que no reconoce. Supone que tal vez sean una pareja que, después de muchos años, quieren recordar los tiempos en que iban a la cueva clandestinamente. Pero se equivoca. Son hermanos, y llevan una urna con las cenizas del marido de ella, que pidió que a su muerte las echaran en aquella cueva donde él solía ir a pescar cuando era niño y pasaba el mes de julio en un pueblo cercano con sus padres cuando los veranos eran azules, y la vida todavía tenía que empezar.

Cuando llegan al faro ya es la hora de comer. Baltasar los espera sentado en los escalones de la entrada. Lleva la pipa en la mano y contempla el humo en el que va viendo la historia de su vida, de la que van quedando rescoldos cada vez con menos brasas. El perro hace un último esfuerzo y anda más deprisa para llegar hasta el hombre.

—¿Qué, viejo amigo, me has echado de menos en la excursión? ¿Sabes, chaval?, antes caminábamos mucho por esa zona por la que habéis estado. Ahora ya no.

—¿Le ha cundido la mañana, capitán?

—Bastante. Hasta he salido un momento con «La Dama» a pescar.

—No lo hemos visto.

—He ido por el otro lado. Tengo un sitio secreto por ahí —señala hacia oriente— donde hay bueyes de mar. Y he pescado cinco. Ya los he cocido. Hay uno en el congelador y los otros cuatro para comer ahora con un poco de limón y mayonesa. Una delicia.

—¡Qué bien! Me encantan los bueyes de mar. En casa los comemos solo en Navidad.

—Como todo el mundo, hijo, como todo el mundo. Yo, normalmente los habría congelado todos para comerlos en esas fechas. Pero ahora... —balbucea—, ahora me apetece que los comamos juntos. Y a lo mejor hasta le damos un poco a Escipión. No le gustan los peces, pero los cangrejos sí.

Fernando entra en la casa, deja todo en su habitación, se quita las botas y se cambia de calcetines. Se lava las manos durante un buen rato. Una práctica que no ha perdido. A veces se las frota y refrota tanto que le parece que la piel se le va a ir por el desagüe para hacer compañía a las ratas de las alcantarillas. Se sienta un momento en la silla que hay en su habitación. Contempla los calcetines que se ha puesto. Se los regaló su hermana para Reyes. Tienen unos dibujitos con personajes de la televisión. Los odia. Cuando abrió el paquete y vio a Bob Esponja y a sus compañeros pensó en coger la tijera y cortarlos a trozos antes de tirarlos a la basura delante de Esther. Pero no lo hizo. Al fin y al cabo, ella se había criado viendo esa serie de dibujos animados y a lo mejor no había tenido mala intención. Esa remota posibilidad de que Esther hubiera comprado para él unos calcetines que realmente le gustan a ella, evitó que fueran a la basura. Después de varios meses, ha acabado por cogerles cariño y se los pone de vez en cuando. En algunos momentos, Fernando piensa que su hermana no es tan cabrona.

Los bueyes de mar están mucho mejor que los que comen él y su familia en Navidad. Están frescos, recién pescados y tienen todo el sabor del mar, que se intensifica todavía más con unas gotas, pocas, de limón. Cuando terminan, Baltasar sigue su narración. Esta vez no se retira a su habitación para descansar, y tampoco deja que lo haga el chico.

—Deja la siesta para otro rato, muchacho. Hoy tengo ganas de hablar —reconoce.

Y Fernando se acomoda para escuchar sus palabras y para viajar con ellas al otro lado del mundo.

41

—Aquel viaje hasta Inglaterra se me hizo largo. La esperanza de ver a alguien que tenía relación con Sirim me hacía impacientarme. Me pasaba las tardes libres en proa, mirando hacia delante, y creyendo ver tierra a cada momento. Después de varias semanas de travesía por el Índico, el golfo Pérsico, el canal de Suez, el Mediterráneo y el Atlántico, llegamos por fin a Southampton. Entramos en el puerto ya de noche. Pasamos varias horas llevando a cabo las maniobras pertinentes. Te puedo asegurar que no es el puerto más fácil del mundo para atracar. Además, cuando uno entra en la embocadura, siempre se tiene presente que fue de ahí mismo de donde zarpó el Titanic para emprender su primer y último viaje.

—Vi la película hace poco en la tele. Mi hermana y mi madre no pararon de llorar cuando muere Leonardo di Caprio congelado —dice Fernando.

—¡Vaya porquería de película! —exclama Baltasar—. No entiendo cómo se gastan tanto dinero en rodar películas que no nos cuentan nada que no sepamos. Recrearon hasta la vajilla y la cubertería, por no hablar de la escalinata y del vestuario de las damas. ¿Y para qué? Para contarnos una historia cuyo final ya sabemos antes de que empiece. Y lo que es peor, para que el público se regodee con la tragedia de los que murieron en el mar. No. Esa película es una inmoralidad. No sirve para nada más que para que el público saque con ella las lágrimas que no le salen con sus propios problemas.

—A eso se llama «catarsis» —afirma el chico.

—Ya lo sabía, chaval. Y mucho antes que yo también lo supieron los trágicos griegos.

—La historia de amor de la película no se la cree nadie.

—Desde luego que no.

—Aunque, en el fondo, se parece un poco a su historia con Sirim: también él era un chico pobre y ella una chica rica.

—No, muchacho. En absoluto. Lo mío con Sirim no se pareció en nada a lo que les pasa a esos dos guaperas imbéciles del Titanic. —El viejo mira un momento hacia la pared en la que cuelga un cuadro con la foto de uno de los barcos en los que trabajó—. El caso fue —continúa— que estuvimos parte de la noche enderezando el buque en el puerto, y preparando los contenedores para cuando los estibadores vinieran a hacer su trabajo poco después del amanecer. Yo no tenía ninguna dirección para buscar al padrino de Sirim, solo tenía que esperar a que él me encontrara.

* * *

Fue ya a mediodía cuando vi a un caballero, de esos que no solían acercarse a los muelles, que se dirigía a nuestro barco. Llevaba un sombrero ladeado y un traje gris, del mismo estilo de los que lleva el príncipe de Gales en las bodas. También, como él, tenía un reloj de bolsillo, cuya cadena brillaba tanto que la podía ver desde la cubierta. Al instante, imaginé que era el padrino de Sirim. Me acerqué a la escalerilla y nos miramos.

—¿Baltasar Marín? —preguntó con un marcado acento inglés, que le daba a mi nombre un aire sajón que no reconocía. Me solían llamar con acento británico, pero muy diferente al que emitía aquel hombre.

—Sí, soy yo, señor— le dije. Ni siquiera sabía su nombre.

—Creo que tiene un paquete para mí de parte de mi querida ahijada.

—Sí, señor. Lo tengo en mi camarote. Voy inmediatamente a por él.

—Dese prisa. No tengo toda la mañana.

Sus frases no eran lo que yo había esperado, ni tampoco su actitud hacia mí. Le había tendido mi mano para estrechársela, pero él ni la miró ni hizo ademán de sacar la suya del bolsillo.

Fui a mi cabina y cogí la caja, que había guardado en mi taquilla bajo llave. La miraba y acariciaba cada día, y esa era mi manera de volver al instante en el que había estado junto a Sirim, en el porche de su casa. El momento en el que casi había besado sus labios. Cuando volví a cubierta, vi que el hombre estaba quieto, con su paraguas en la mano a modo de bastón. Parecía impaciente.

—¡Por fin! —exclamó cuando me vio—. Pensé que habías desaparecido.

—No. Nunca desaparecería con un encargo de Sirim sin cumplir.

—Está bien, muchacho. Está bien.

Le entregué la caja, que él cogió con sumo cuidado. Me dedicó una sonrisa cuando comprobó que el lacre con el sello de la familia de Sirim estaba intacto.

—Es té. El mejor de la plantación —le dije.

—Sé muy bien lo que contiene esta caja, joven.

Se metió una mano en el bolsillo y sacó un billete de una libra que me extendió.

—No, no, señor —le dije, mientras daba un paso hacia atrás.

—Es tu propina por haberme traído este regalo tan especial de parte de mi ahijada.

—No ha sido ningún trabajo, señor. Sirim es una buena amiga mía y haría todo lo que ella me pidiera.

En ese instante, me miró de arriba abajo. Nunca una mirada me había humillado tanto. No dijo lo que pensaba porque se dio cuenta de mi turbación y debía de ser un hombre educado.

—Quédate con el billete y tómate una pinta de cerveza a la salud de tu amiga —me dijo y se marchó

por donde había venido, con la caja de té entre las manos.

Antes de doblar la esquina, lo esperaba un coche grande y oscuro. El chófer le abrió la puerta trasera y el hombre desapareció dentro del vehículo. Lo imaginé con la caja en las manos y deshaciendo el lazo que con tanto primor habría hecho Sirim y rompiendo el lacre rojo sin ningún cuidado.

42

—Nunca antes había entendido el significado de la palabra «decepción» tan intensamente como entonces. Me había sentido defraudado muchas veces, tanto por los demás como por mis propias expectativas. Esperaba demasiado de la vida. Creía que todo era como yo fantaseaba que iba a ser. Y las cosas son como son, no como esperamos que sean. Me había imaginado que aquel hombre, al que yo imaginaba pelirrojo y con un gran mostacho, y que era moreno y no tenía bigote, me saludaría efusivamente, y me invitaría a un elegante café del centro de la ciudad, cerca del viejo castillo, o al menos a una cerveza en el Red Lion. En mis ratos de insomnio llegaba a fantasear incluso con la posibilidad de que me invitara a su palacete de Londres a pasar los dos días libres que teníamos siempre que fondeábamos en Southampton.

—¿Tenía un palacete en Londres? —pregunta Fernando.

—No. No vivía en ningún palacio, pero sí en una enorme casa en el barrio de Kensington, como supe después.

—¿Lo volvió a ver?

—Sí. Pero cada cosa a su tiempo, muchacho. Cada cosa a su tiempo. El caso fue que me quedé sin la caja de té de Sirim, que se había convertido en una especie de objeto santo ante el que rezaba cada noche, como si contuviera una reliquia extraordinaria. La había tocado ella y eso era para mí tan sagrado como si dentro conservara, y perdona la comparación si te parece exagerada y poco reverente, una gota de leche de la virgen María.

El chico se ríe y el viejo lo reprende.

—No te rías, que yo he visto una reliquia así.

—¿Dónde?

—En Padua, en el norte de Italia.

—Pero eso es una barbaridad. No puede ser verdad.

—Y otra con una huella del caballo blanco de Santiago.

—Tampoco puede ser verdad.

—Esa está más cerca de aquí. En un monasterio de La Rioja.

—Pero lo de las reliquias es una gran mentira —afirma el chico.

—Yo ya no sé lo que es verdad y lo que es mentira, chaval. Ahora hay gente que paga dinerales por ropa que han llevado actores o actrices famosas. También eso son reliquias que santifican a gente que ni siquiera ha parido al hijo de Dios. Así que muestra un poco más de respeto por las reliquias religiosas, cállate y déjame continuar.

—Sí, capitán, mi capitán —parafrasea de nuevo el verso de Whitman.

* * *

Precisamente fue mi capitán el primero que habló conmigo después de mi encuentro con el padrino de Sirim. Yo estaba sentado, cabizbajo, en la cubierta de popa, y se acercó.

—Muchacho, ¿dónde has dejado la sonrisa que te ha acompañado durante toda la travesía? ¿No vas a bajar a tierra?

Lo miré sin saber qué decirle.

—Te he visto hablar con un caballero hace un rato. ¿Qué tratos tienes con él?

—Ninguno, señor. Su ahijada es amiga mía y me dio un paquete para él en Colombo.

—¿Un paquete?

—Sí. Una pequeña caja de té —le confesé—. Era algo muy pequeño, por eso no le dije nada, señor. Ha viajado en mi taquilla. No ocupaba espacio en el barco.

—Ya —dijo mirando hacia otro lado—. ¿Así que tienes una amiguita en Ceilán?

Tampoco supe qué contestar. Lo de «amiguita» el capitán lo decía con segundas. Y Sirim y yo ni siquiera nos habíamos besado.

—Es una chica muy bonita. Hemos paseado por su barrio, y hemos visitado un templo juntos. Eso ha sido todo. Cuando supo que el San Valentín de

Berriochoa navegaría hasta Inglaterra me pidió si le podría entregar un regalo a su padrino, al que hacía mucho que no veía. Eso ha sido todo.

—¿Y dónde vive tu amiga?

—En un barrio que se llama algo así como «Los jardines de la canela».

—Cinnamon gardens —repite en inglés—. El barrio más exclusivo de todo Ceilán.

—Sí, señor. Es una dama muy distinguida.

—Y tú te has enamorado de ella, y su padrino te ha dado una propina que te ha obligado a aceptar, cuando tú habías pensado que a lo mejor te ofrecía un buen trabajo en Inglaterra para que te casaras con la chica. ¿No es así?

—No, señor. Yo...

Y no le mentía. No había pensado ni por un momento abandonar mi vida en el mar y cambiarla por un trabajo en tierra firme.

—No, señor. No tengo intención de dejar de trabajar para usted.

—Bien pensado, chico. Tú y yo formamos un buen equipo. No olvido tu ayuda con el marfil en viajes anteriores.

En ese momento sacó un billete de cinco libras y me lo metió en la mano.

—Vamos. Diviértete en la ciudad. Olvídate de esa chica de Ceilán. Una señorita de Cinnamon Gardens no es para un marinero. Te confesaré un secreto, pero no se lo cuentes a nadie del barco.

—No, señor.

—Yo *también me enamoré de una chica de ese barrio. Era hija de un médico y de una heredera muy rica. Su familia amenazó con desheredarla si seguía conmigo, y ella se lo pensó mejor y se casó con un ingeniero de minas.*

—Pero *usted era capitán. Deberían haberlo aceptado.*

—*Entonces era un pobre marinero como tú. Un jovenzuelo soñador que creía que la vida en el mar era un libro de aventuras. Y no, Baltasar. La vida de un marino es una desgracia.*

43

—Eso me dijo mi capitán, un hombre que llevaba trabajando en el mar más de treinta años. En aquel momento no le hice ningún caso. Yo seguía pensando en la actitud desdeñosa que había tenido aquel inglés conmigo. Me preguntaba qué le habría contado Sirim acerca de mí. O más bien qué no le había contado. Si le había hablado de mí como de un chico del que estaba enamorada, tal vez al hombre yo no le parecía suficientemente adecuado para ella. Al fin y al cabo, yo no era más que un marinero sin formación, que iba de acá para allá, sin más beneficio que un exiguo sueldo cuya mayor parte seguía mandando la naviera a mis padres y a mis hermanos. Seguramente había planeado que Sirim se casara con algún comerciante rico, inglés o cingalés, yo no encajaba en el perfil, y lo único que podía hacer era estropearle los planes. Prefería esa a la otra explicación a la que le daba vueltas y en la que no quería pensar.

—¿Cuál era, señor? —le pregunta Fernando, que ya imagina la respuesta.

—Que no le hubiera dicho nada de mí. Que simplemente le hubiera dicho que en el San Valentín de Berriochoa había un marinero que le entregaría un paquete de su parte. Sin más.

—A lo mejor le dijo eso porque le daba vergüenza decir que estaba enamorada. Supongo que no es algo que las chicas de aquel tiempo admitieran fácilmente delante de los adultos. Ahora pasa lo mismo. —Fernando intenta consolar al viejo de la posibilidad de que la segunda opción fuera la acertada

—¡Ah, chaval! —exclama Baltasar con un suspiro. Enciende la pipa antes de continuar—. Le di vueltas y más vueltas a aquello y preferí quedarme con la primera explicación porque era la que más me convenía, ya que me hacía quedar como el enamorado heroico al que no acepta la familia de la chica porque no pertenece a su misma clase social. Me convertía así en una especie de Romeo de baja estofa. Aunque Romeo era igual de rico que Julieta. Su problema era la enemistad de las dos familias, ya sabes. Los Capuleto y los Montesco. Pero ambos pertenecían a la burguesía de la ciudad italiana de Verona. Y yo no tenía donde caerme muerto.

»Bajé a puerto y anduve por las calles de la ciudad aturdido y sin dejar de pensar en Sirim y en mí. Entonces me parecía que la tierra giraba exclusivamente para que yo caminara sobre ella, y que el sol salía cada mañana para alumbrar mis pensamientos. El mundo era yo. Yo y mi amor por ella, claro.

»Entré en un par de tugurios donde me gasté las seis libras en poco rato. Las cinco del capitán y la libra de propina que había aceptado y que me quemaba en el bolsillo. Esa fue la primera que usé: pagué con ella una ronda entera de cerveza a todos los que estaban en ese momento en el piso bajo de una de esas tabernas que se llaman Red Lion. Las otras cinco libras me duraron toda la noche y no voy a contarte en qué me las gasté, porque hay cosas que no se deben contar a los muchachos de tu edad.

—Ya. —Fernando se sonríe e imagina dónde y cómo gastó Baltasar el dinero que le había regalado su capitán. Acaricia el lomo de Escipión, que se ha quedado dormido desde hace un rato.

—No me juzgues, chaval. No hemos venido al mundo para ser juzgados.

—No, señor. No he dicho nada.

—He visto tu gesto.

—Me habrá salido sin intención.

—Claro. Eso será. Se ha dormido, ¿verdad?

—Sí, capitán. Ya lleva un rato. Como no ha habido siesta y hemos dado una buena caminata esta mañana, está cansado.

—Tiene muchos años. Eso es lo que le pasa. Como a mí.

* * *

Volví al barco, me acosté y no quise hablar con nadie. Al día siguiente me despertó Gustaf muy temprano.

185

Me dijo que había alquilado un coche con dos hombres más, que quedaba un sitio libre y que si quería podía acompañarlos. Solo tenía que pagar una cuarta parte de la gasolina que gastáramos.

—¿Dónde queréis ir?

—A ver unas piedras —me contestó.

—Unas piedras muy especiales —explicó Charlie, un inglés del condado de York que se había enrolado en la marina mercante para escapar de un padre autoritario y permanentemente furioso consigo mismo y con el resto de la humanidad.

—Ven con nosotros, chico. Y así te distraes —me dijo Elizalde, uno de los carpinteros del barco, que era de Bilbao.

Me fui con ellos. Gustaf y Elizalde se turnaron conduciendo hasta que llegamos a un campo en el que había una flecha que señalaba hacia el oeste. Allí nos mandó parar Charlie, que ya conocía el lugar. Hicimos andando el resto del camino hasta que llegamos a la construcción más extraña que había visto en toda mi vida: unas piedras enormes puestas de pie y formando un círculo. Eran como columnas enormes y bastas. Algunas estaban tenían otros bloques en la parte de arriba.

—¿Qué es esto? —preguntó Elizalde.

—En realidad, nadie lo sabe. Unos dicen que es un lugar de culto al sol, otros que es una necrópolis, o sea un cementerio—explicó Charlie—. Tienen varios miles de años y no hay piedras de ese tipo en muchos kilómetros a la redonda. Nadie sabe cómo llegaron hasta aquí.

—Es uno de los lugares más misteriosos del mundo —corroboró el sueco.

—En mi pueblo los mozos hacen concursos de levantar y mover piedras —intervino Elizalde.

—Parece el trabajo de unos gigantes —dije por fin, seducido por aquel lugar extraño donde uno podía esperar que en cualquier momento apareciera cualquier personaje de la antigüedad para hacer ofrendas al sol que se escondía tras una nube blanca y algodonosa, o a la luna, que esas noches estaba llena, y que nos había acompañado la noche en la que entramos en el puerto de Southampton.

* * *

—¿Era Stonehenge? —pregunta Fernando.

—Sí.

—Estuve una vez. Pasé un mes de julio en Salisbury para mejorar mi inglés. La familia con la que vivía me llevó una tarde de excursión allí. Es impresionante.

—Sí que lo es. Volví un par de veces más. Después siempre había turistas, pero esa primera vez con mis compañeros del San Valentín de Berriochoa fue extraordinaria.

—¿Qué fue de ellos?

—¿De mis compañeros?

—Sí.

—No tengo ni idea de lo que será de ellos ahora. Elizalde firmó un buen contrato con un ballenero noruego y ya no lo volvimos a ver. Gustaf regresó a Suecia y ya no supimos más de él. Y Charlie decidió quedarse en Jamaica la segunda vez que hicimos una parada técnica en la isla. Pasó dos horas allí. Subió al barco, recogió sus cosas y nos dijo que no lo esperáramos, que aquel era el lugar con el que siempre había soñado. Que como era carpintero y pintor, seguro que encontraba trabajo y una mujer estupenda con la que tener un montón de hijos. No sé si llegaría a hacer ni lo primero ni lo segundo. Pero desde luego se quedó en Jamaica. Supongo que, si aún vive, llevará rastas en el pelo y bailará *reggae,* que era la música que se empezaba a hacer en la isla cuando Charlie se quedó en ella.

44

A Fernando no le gusta ni el *reggae* ni el reguetón. Apenas había escuchado música en el último año. Solo ha empezado a hacerlo después de sus sesiones con la psicóloga. Ella le había dicho que la música recompone los cerebros habituados a las obsesiones, y Fernando le ha hecho caso. Busca a los artistas de una lista que le dio ella y cada día escucha un par de temas como parte de su terapia. Durante sus días con Baltasar no la está cumpliendo: el chico considera que las narraciones del viejo suplen cualquier terapia, musical o del tipo que sea. Imagina a las gentes de los tiempos pretéritos, cuando se sentaban alrededor del fuego del hogar, y contaban historias para pasar el tiempo, para intentar acortar las largas noches de invierno mediante palabras que llevaban a otros lugares y a otros tiempos llenos del color y del sonido ausentes. Solo la melodía de las palabras bien dichas los conducía al fondo de ellos mismos para encontrarse con antiguos guerreros de armaduras plateadas, y con hermosas mujeres vestidas de sedas y tejidos que tenían que imaginar, porque jamás los habían visto ni los verían.

En esto piensa el chico cuando sale del faro de vuelta a la casa para dormir después de la cena. Ya es de noche y el cielo está salpicado de estrellas que no existen. Apenas una brisa ligera en su cara y en su pelo y el tenue rumor de las olas en la arena y en las rocas. La luz del faro gira imitando la ruta de los planetas para seguir salvando las vidas de los marineros, como en la antigüedad. Como aquel gigantesco faro de Alejandría, que fue considerado como una de las siete maravillas del mundo. Nunca se acuerda de cuáles fueron las otras seis.

Mientras mira hacia la pequeña playa, el haz de luz ilumina algo que brilla en la arena y que no ha visto antes. Se abrocha la chaqueta y baja por las rocas hasta la orilla. Coge la urna plateada y lee la inscripción: «Pedro Manuel González Sanlúcar. 6.493» La abre. No hay nada. Pero hasta hace unas horas ha contenido las cenizas del hombre que ha llevado ese nombre durante toda su vida, y ese número desde que su cuerpo entró en el crematorio del cementerio de Valladolid. Esta mañana, su mujer y su cuñado han esparcido sus cenizas en la cueva de los piratas y han tirado la urna al mar porque no sabían qué hacer con ella. Fernando tampoco sabe qué hacer. Llevarla al faro y enseñársela a Baltasar no le parece buena idea. Guardársela en la mochila tampoco. Decide tirarla a la basura. Sube por las rocas y sale del recinto vallado del faro para ir hasta los contenedores. Abre el amarillo de los plásticos y la deposita dentro. Ve que hay un montón de cosas e imagina que durante la mañana Baltasar ha estado haciendo limpieza y tirando lo que ya no le sirve. Fernando siente curiosidad por saber de qué objetos se ha deshecho su amigo y se asoma al gran cubo. Le llama la atención una caja de madera lacada en azul con dibujos en diferentes colores. La saca y la abre. Contiene dos álbumes de fotografías en blanco y negro.

Mira a su alrededor para constatar que nadie lo ve. Tampoco se ve luz en ninguna de las ventanas del faro. No quiere que Baltasar sepa que ha cogido esa caja y lo que contiene. La coloca debajo del brazo para que su silueta no muestre lo que lleva consigo. Cuando entra en casa mira hacia el segundo piso de la torre y le parece ver una sombra que corre la cortina. El viejo ha vigilado cada uno de sus pasos y sabe que ahora Fernando es el guardián de una parte de su historia. Lo que Fernando no sospecha es que Baltasar ha dejado la caja esa mañana en el contenedor para que él la encontrara. Faltan todavía varios días para que venga el camión de la basura, y el viejo tenía varios planes para que el chico encontrara la caja. No ha hecho falta ponerlos en práctica: la urna de cenizas de un muerto desconocido le ha facilitado el trabajo.

45

A pesar del sueño que tenía, el encuentro con la caja lacada ha desvelado al chico. Ha vaciado todo su contenido encima de la cama: los álbumes estaban acompañados de más fotografías sueltas, un sello para lacrar y una barra de lacre rojo. Mira el sello: no es como los que venden en las papelerías, con la flor de lis o algo parecido. Parece viejo y muestra un elefante sobre una roca, y una inscripción con los signos caligráficos de la escritura cingalesa que, por supuesto, Fernando no entiende.

Mira una de las fotografías que se han despegado de un álbum. Una mujer de pelo oscuro sentada en un banco corrido junto a un templo. A su alrededor un grupo de niños la observan. Abre el primer álbum. Siempre la misma mujer joven sonriendo a la cámara. En cinco o seis fotos aparece acompañada por un hombre joven, delgado, de frente ancha y labios delgados. Fernando reconoce a Baltasar tal y como debía de ser hace sesenta años. Lo observa en el papel. El hombre también lo mira desde un pasado en el que parecía feliz, aunque desorientado. En una de las imágenes, la pareja tiene las manos enlazadas y camina por un invernadero en el que se adivinan decenas de orquídeas. Y en otra, ella contempla un rostro femenino pintado en una pared. Una cara que observa una flor de loto que guarda entre sus dedos. Ojos que miran a otros ojos que miran.

Por fin le vence el sueño. Mete todo en la caja lacada, entra en el baño y se mira en el espejo mientras se lava la cara y las manos. Piensa en todos los rostros que se han reflejado en ese espejo a lo largo de los años. Todos los huéspedes que han pasado por la casa, también Baltasar y su familia cuando era niño. El espejo es casi tan viejo como él y ha visto muchas caras que ya no existen. Tampoco existen las que ha tenido Fernando todas las veces que se ha mirado en él hasta este momento.

Vuelve a la caja y coge una de las fotos en la que está Sirim, porque el chico está seguro de que la chica en blanco y negro es ella. La lleva al lavabo y la enfrenta al espejo.

—Ahora estamos juntos en el mismo nivel —dice mientras mira el reflejo de la fotografía y el suyo en el espejo—. Ahí dentro pertenecemos al mismo mundo.

Porque Fernando piensa que los espejos guardan todos los rostros que se han mirado en él. Los guarda en algún lugar de su memoria recóndita, más allá del azogue. Más allá del tiempo.

Tarda en dormir, y en sus sueños se mezclan los elefantes con los ermitaños que vivieron en el viejo convento de los acantilados. Y con el nombre inscrito en la placa de la urna. Ese tal «Pedro Manuel» del que Fernando no sabe nada. Ni siquiera que sus cenizas le hacen compañía a otro trozo de tela de uniforme que sigue enterrado en la cueva y que Escipión no encontró porque le cuesta mucho escarbar y ese trozo de casaca está a más de treinta centímetros de profundidad lo que, para un perro enfermo, es mucho.

Cuando Fernando se despierta no recuerda ninguno de sus sueños. No se acuerda de que ha estado soñando con Sirim y de que se han besado apasionadamente bajo una palmera en una playa del océano Índico.

46

No oye ruido fuera y la puerta del faro está cerrada. Baltasar se ha dormido tarde y hoy no se despierta antes de las diez. Ni rastro tampoco de Escipión. El chico prepara el desayuno: unos huevos revueltos con tomates que él mismo coge del huerto. Es la primera vez que lo hace y espera que el viejo no se moleste. No lo hace.

—Huele bien, chaval.

—Espero que no le importe que haya empezado a cocinar.

—Me parece estupendo, chico. Me quitas trabajo. ¿Has visto a Escipión?

—No. Pensaba que estaba con usted en el piso de arriba.

—Pues no. No sé dónde se habrá metido este truhán.

Baltasar llama a su amigo, pero no obtiene respuesta. Ningún ladrido ni bufido en el aire.

—Es raro. Siempre contesta.

—Se habrá ido a la playa.

—He dejado la puerta cerrada, sin pasar la llave, pero cerrada. Tiene que estar dentro. ¡Escipión! —vuelve a llamarlo. Y vuelve a recibir el silencio como única respuesta.

—Se habrá dormido.

—Nunca duerme hasta tan tarde. Le ha pasado algo. Sube a echar un vistazo por los pisos superiores, hazme ese favor. Hoy no me siento con ganas de subir muchas escaleras.

El chico obedece la petición del viejo. Encuentra a Escipión tumbado en una de las camas del último piso.

—¿Qué te pasa, amigo? ¿Se te han pegado hoy las sábanas como a tu amo?

Pero Escipión no responde con movimiento alguno. Respira con dificultad. Tiene los ojos cerrados y la boca muy abierta. El chico se teme lo peor.

Lo coge en sus brazos. Pesa mucho, pero no puede hacer otra cosa que bajarlo a donde está Baltasar.

—Está enfermo, señor —le dice en cuanto llega a la cocina con él en brazos.

—¡Mi pobre amigo! —el hombre se levanta para sentarse junto al perro, que ha dejado Fernando sobre el sofá—. No quieres quedarte solo aquí, ¿eh? Quieres morirte antes que yo para no quedarte solo.

Fernando los mira alternativamente sin entender del todo el significado de las palabras del farero.

—Podemos llamar al veterinario, capitán.

—¿Y qué va a hacer el veterinario con un perro viejo y enfermo que se está muriendo? ¿Ponerle una inyección y matarlo? No. Se morirá aquí, a mi lado y yo sostendré su pata con mi mano.

El chico piensa en todos aquellos que murieron en los primeros tiempos de la pandemia sin poderse despedir de los vivos y sin recibir esas últimas caricias que se supone que tanto agradecen los moribundos. Aunque en realidad nadie sabe lo que pasa por la cabeza de alguien que se está muriendo. Sea persona o perro.

Desayunan en silencio mientras Escipión continúa su agonía. Fernando piensa que hay algo de sacrilegio en seguir comiendo mientras alguien está dejando de vivir. Pero también piensa que no puede hacer nada mejor, ni por él, ni por el perro, ni por el viejo, que parece que quiere cambiar de tema, o quizás no tanto...

—Así que ayer diste un paseo nocturno —le dice al chico.

—Hacía una noche preciosa. Sin viento y con estrellas.

—Una noche tranquila, sí. Bajaste a la playa y encontraste algo.

—Una botella de plástico que tiré en el contenedor —miente a medias.

—Y en el contenedor volviste a encontrar algo. —Una media sonrisa delata que sabe lo que Fernando ha hallado hace diez horas en la basura.

El muchacho titubea antes de contestar. Había pensado ocultarle al viejo su hallazgo, pero habida cuenta de que ha visto sus movimientos nocturnos, no tiene ningún sentido mentirle.

—Sí. Una caja con unos dibujos preciosos —dice por fin.

—¿Solo dibujos?

—Vamos, capitán. Sabe usted mucho mejor que yo lo que hay dentro de la caja.

—Unas fotos preciosas, ¿verdad?

—¿Por qué las ha tirado? Creo que yo no me desprendería jamás de unas fotos como esas.

—Es lo que hacéis todos los días los jóvenes: no guardáis en el móvil todas las fotos que hacéis. Las borráis, las cortáis, les cambiáis el color. Si dejáis de amar a una chica, a un chico, lo bloqueáis y ya no veis nada de lo que dice. Tampoco recibís sus llamadas o mensajes nunca más. Yo solo he tirado una caja con viejos recuerdos. Sin más.

—Sabía que yo los iba a encontrar, ¿verdad?

Baltasar lo mira y se queda callado unos instantes. Vuelve a acariciar el cuello del perro, cuya respiración es cada vez más lenta.

—Esperaba que lo hicieras.

—¿Y si no lo hubiera hecho?

—Lo habrías hecho. No me subestimes. Tenía varios planes preparados.

—¿Y por qué no enseñarme directamente las fotos?

—Tiene más emoción encontrarlas. Lo clandestino siempre es más apasionante. Cuando miraste hacia el faro y escondiste la caja debajo del brazo, tu corazón palpitó más deprisa y más fuerte porque pensabas que me estabas sustrayendo, robando, una parte de mis secretos. De mi propia vida.

—Yo..., lo siento. No era esa mi intención.

—No te disculpes. Yo mismo te estoy sirviendo en bandeja de plata mi historia con Sirim. Quiero que la conserves. Y las fotografías también. Ellas te contarán muchas cosas cuando yo ya no esté.

—¿Cuándo ya no esté?

El hombre se levanta para coger la pipa, que ha dejado sobre la mesa. Antes, bebe un sorbo de té.

—Se ha quedado frío —dice—. ¿Puedes calentar más agua y hacer otro té, chaval?

—Claro.

—Me refiero a que me gustaría que te llevaras esa caja con lo que hay dentro. Todo te ayudará a comprender mejor lo que pasó con Sirim.

—¿Quiere que me la lleve cuando me vaya? ¿De verdad se va a desprender de tantos recuerdos?

—Donde voy no voy a necesitar ni fotos ni nada parecido.

—¿Se va a ir del faro?

—Es muy probable, sí. —El hombre no quiere contarle nada de lo que le ha dicho el médico el día anterior—. Pero no vamos a hablar de eso ahora. Te llevarás la caja con las fotos. ¿Me lo prometes?

—Sí, señor.

—Estupendo —dice.

Y se vuelve a acomodar junto a Escipión. Enciende la pipa, y antes de volver a hablar, espera un par de minutos a que el agua de la tetera vuelva a teñirse del color del té.

47

—Volví a Colombo ocho meses después, tras haber viajado por el norte de Europa, por América y haber atravesado por primera vez el canal de Panamá, el que une los océanos Atlántico y Pacífico. Temía y deseaba ver a Sirim a partes iguales. En aquel tiempo no había teléfonos como ahora, y uno se embarcaba y no sabía nada de la familia a no ser que ocurriera algo muy grave. Desde luego no supe nada de ella en todo aquel tiempo. Tampoco yo podía escribirle, ya que no sabía ni el nombre de su calle ni su apellido. Allí todo está escrito con un alfabeto precioso, pero cuyos arcanos me eran, y me son, ajenos. También desconocía cómo se llamaba su padrino. Solo tenía la imagen y la voz de aquella chica en mi memoria.

»Atracamos en el puerto a medianoche. Tenía que esperar una eternidad para ir a su casa. Afortunadamente, recordaba el camino. Así que cuando nos dieron tiempo libre, me encaminé hacia el refinado barrio de los «Jardines de la canela». Le llevaba un regalo que le había comprado en Panamá: una bolsa de telas superpuestas de colores que formaban un dibujo geométrico de espirales. Una labor artesana ancestral que hacen las mujeres de unas tribus que sobreviven en la costa del sur de Panamá y del norte de Colombia. Era un bolsito pequeño, pero precioso, hecho por manos femeninas junto a otros mares, en la otra parte del mundo.

»Me perdí un par de veces porque me confundí de calle. En ese barrio, los jardines y las verjas son tan parecidos que desorientan. Por fin llegué al portón de su casa. La palmera que se mecía al ritmo del viento era la más alta de toda la calle, y en la puerta de madera había un dibujo tallado que me había llamado la atención cuando entré con Sirim unos meses atrás: un elefante sobre una roca que sostenía en la trompa una rama del arbusto del té.

—Igual que el sello que hay en la caja —reconoce Fernando.

—Exactamente. El elefante sobre la roca sagrada. El símbolo de la familia.

—¿Una especie de escudo?

—Algo así.

* * *

Llamé al timbre y nadie me abrió la primera vez. Volví a llamar y entonces se abrió la puerta. Caminé por el sendero que terminaba en los escalones que daban al porche. En la puerta estaba el mismo criado que nos había servido aquella ya lejana tarde. Pregunté por la señorita Sirim. El hombre, vestido de un blanco tan inmaculado como no había visto jamás, me dijo que la señorita no estaba en casa. Y tampoco su señora madre. Que volverían tarde porque habían ido a visitar a unos parientes que vivían en las colinas, y que ya les diría él que había preguntado por ellas.

—¿Su nombre, señor? —me preguntó con una leve inclinación de cabeza.

—Baltasar Marín —le dije, y miré mis manos en las que estaba el bolsito envuelto en papel de seda de color violeta.

—¿Eso es un regalo para la señorita, señor? —Notaba un tono de ironía cada vez que se dirigía a mí con aquel apelativo al que no estaba acostumbrado.

—Sí.

—Yo puedo dárselo cuando regrese. —Alargó la mano para que se lo entregara.

—No. Muchas gracias. Volveré mañana.

—Como guste —contestó, y continuó con el brazo extendido, esta vez para invitarme a marcharme por donde había venido.

Me marché y volví al día siguiente a la misma hora. Llamé y esta vez salió a abrirme el portón exterior la mismísima Sirim, vestida con un sari verde y dorado que hacía juego con sus ojos. Eso fue lo primero que pensé. Ya sé que estás pensando que era un chico cursi y anticuado. Pero estaba enamorado hasta las trancas, y cualquier cosa que tuviera que ver con ella me hacía decir o pensar imágenes sentimentales que hoy os horrorizarían a cualquiera de los muchachos y muchachas de tu edad.

* * *

—Yo no había dicho nada —contesta Fernando.
—No hace falta. Te leo el pensamiento.

* * *

Me besó en la mejilla antes de invitarme a pasar al jardín. Qué diferentes me parecían las plantas y los árboles en su compañía. Todo tenía otro olor y otro color a su lado. Nos sentamos en el porche como la otra vez, y el criado trajo una bandeja con una tetera, dos tazas y un plato con dulces de frutas.

—Te he echado mucho de menos —me dijo mientras cogía mis manos entre las suyas. En ese momento supe que no iba a ser capaz de preguntarle por qué no le había dicho a su padrino que éramos algo más que amigos.

—No he dejado de pensar en ti en ningún momento —le confesé, aunque ella lo sabía. Siempre lo había sabido.

—Me dijo mi padrino, por teléfono, que te había conocido en el muelle de Southampton, y que le pareciste un buen chico. El té llegó en perfectas condiciones.

—Lo cuidé como si fuera un tesoro —le dije.

—Para mí lo era. ¿Y hasta cuándo piensas quedarte esta vez?

—Tengo casi una semana libre. Parece que ha habido lluvias que han retrasado la recogida de las hojas de té y su elaboración, y tenemos que esperar unos días.

—Es cierto. Ha hecho muy mal tiempo en las montañas. Todas las plantaciones han tenido problemas. La nuestra también. Se ha demorado parte del trabajo. Pero es estupendo porque así podremos estar juntos varios días antes de que te marches.

Sirim quería estar conmigo, y yo estaba emocionado. Aproveché ese momento para darle mi regalo.

—Te he traído una cosa de América.

—¡América! —exclamó—. ¡Vienes de América!

—Hemos estado en Nueva York y en San Francisco. Hemos cruzado el canal de Panamá. Esto es de allí. Es algo que hacen las indígenas de la costa.

Me dedicó una sonrisa de aquellas que hacían que se me acelerara el corazón, y abrió el paquete.

—Es precioso —dijo.

—Se lo compré a una anciana. Me dijo que es un dibujo que ha pasado de generación en generación en su familia desde hace siglos, y que contiene secretos revelados por los dioses. Por sus dioses —rectifiqué.

—¿Y te contó de qué secretos trata?

—No. Me dijo que son los secretos de la vida, y que ya los iría descubriendo poco a poco. También me dijo que no tuviera prisa en conocerlo todo.

—*Una mujer sabia —contestó Sirim—. No es bueno saberlo todo de repente.*

Y entonces ocurrió. Acercó su rostro al mío, y me besó. Chico, todavía ahora y a mis años me estremezco al recordar el roce de sus labios con los míos.

* * *

Fernando nota que los ojos de Baltasar se han humedecido. A su lado, Escipión ha dejado de respirar.

48

—Se acabó —dice el viejo después de acercar su cara al pecho del perro, y repite las palabras que oyó al médico que certificó la muerte de su madre—. Aquí ya no se oye nada. El pobre diablo se ha ido mientras Sirim y yo nos besábamos en el porche de su casa en Cinnamon Gardens. ¿No es injusto?

—Si ha escuchado sus últimas frases, se habrá marchado con hermosas palabras revoloteando en su cerebro.

—Tantos años juntos.

—Lo va a echar de menos —dice el muchacho.

—No por mucho tiempo, chaval. No por mucho tiempo.

Y Fernando no se atreve a preguntar por qué lo dice. Coge en brazos de nuevo a Escipión y le pregunta a Baltasar que qué quiere hacer con él.

—Pues enterrarlo. Pero primero vamos a velarlo un rato. Es lo que se hace con la mayoría de los muertos, ¿no?

—Supongo que con todos.

—No. Con todos no. Con los que desaparecen bajo las aguas en un naufragio o los que quedan enterrados después de un terremoto no se puede hacer.

El chico no sabe qué contestar, así que no dice nada.

—Enciende una vela. Hay varias en ese cajón de ahí. —Señala un pequeño mueble al lado de la nevera—. El candelabro debe de estar por algún lado de la vitrina.

Fernando lo saca y enciende la vela. Se quedan un buen rato los dos en silencio, mientras se consume un tercio de la cera blanca.

El muchacho va recordando los buenos ratos que ha compartido con Escipión a lo largo de los veranos que ha pasado con él. Se acuerda de una vez en la que estuvo a punto de ahogarse en la playa cuando se volcó la colchoneta en la que estaba tumbado. Tragó mucha agua y aunque estaba al lado de la orilla, no era capaz de nadar. Escipión lo había agarrado por el bañador con sus fauces y lo había sacado a la superficie. A Fernando no le entusiasman los perros, pero desde entonces había establecido con Escipión una relación de coexistencia pacífica y respeto mutuo que le gustaba. No cree que vuelva a tener algo parecido con ningún otro cuadrúpedo.

A la memoria de Baltasar acuden muchos momentos compartidos con el perro. Se lo habían regalado cuando solo era una bolita de color camello. Lo había visto crecer y enamorarse de tres o cuatro hembras del vecindario. Habían navegado juntos de vez en cuando y habían pasado muchas tardes solitarias en el faro, uno leyendo, el otro tumbado en el suelo. Aunque no le contaba casi nada, Escipión conocía los pensamientos del viejo aun antes de que se produjeran. Sabía que a Baltasar no le quedaba mucho tiempo de vida. Lo había visto en sus ojos cuando salió de la consulta del médico en la mañana de ayer. Su manera de mirarlo y de acariciarle el hocico cuando dejó el edificio de aire antiguo en el que había entrado un rato antes le comunicaba malas noticias. Por eso mismo se había dejado ir hacía un rato, mientras el capitán le contaba al chico su historia de amor con aquella mujer del otro confín del mundo. Si el viejo no estaba a su lado no quería seguir luchando contra un mal que era más fuerte que él. Había preferido dejarlo así, en su cocina, rodeado de palabras, del humo de su pipa, del olor de una buena taza de té de Ceilán, y en la compañía de ese chico tan simpático, aunque silencioso, que friega los platos y duerme en la caseta.

Al cabo de un rato, Baltasar hace una señal al muchacho, que coge en brazos a Escipión.

—Lo enterraremos ahí detrás, junto al huerto. Tendrás que ayudarme a cavar la tumba. Espero que no te importe.

—No, claro que no.

—¿Has cavado muchas tumbas, chaval?

—No, ninguna. Bueno —recuerda de pronto—, cuando mi hermana y yo éramos pequeños se murió el canario y lo enterramos. Mis padres querían tirarlo a la basura sin más. Pero Esther y yo hicimos un agujero en una maceta y lo metimos allí.

—¿En una maceta?

—Era un pájaro muy pequeño.

—Sé cómo son los canarios, chico.

—La maceta era grande.

—¿Era una planta interior o exterior?

—Exterior, claro. No íbamos a tener dentro de casa el cadáver del pobre Cuqui. Se llamaba así.

—Vaya nombre que le pusisteis. No me extraña que se muriera.

—Se lo puso mi abuela, que es la que nos lo regaló.

—Pobre animal. Llevar ese nombre toda la vida. Al menos este —y señala a Escipinón— llevó siempre un nombre heroico. Y es importante elegir un buen nombre. Lo mismo para los animales que para las personas. ¿Qué planta era?

—Era un geranio. Crecía y crecía muchísimo hasta que le metimos al canario. Entonces dejó de echar más hojas y se secó. Fue una pena.

—Espero que no pase lo mismo con mis tomates y mis coles en el huerto.

—No, seguro que no.

—Por supuesto que no. Vamos. Tienes tarea.

Baltasar abre una puerta lateral de la caseta donde hay herramientas y saca una pala. Cuando llegan al huerto, busca un sitio para enterrar a Escipión. Lo encuentra junto a la fila de las coles rojas.

—Aquí estará bien —dice.

El chico deja el cadáver del perro en la tierra y coge la pala. Mientras cava el agujero, el viejo mira hacia el mar. Justo en ese momento se levanta el viento y el mar empieza a rugir con más fuerza que antes.

49

Baltasar saca un trozo de cuerda del bolsillo y dos pequeños listones de madera que ha cogido en el cuarto de las herramientas. Los une con el cordel y forma una especie de cruz.

—Pon esto encima —le pide a Fernando cuando termina su tarea y el cuerpo Escipión descansa ya en la tierra.

—¿Vamos a ponerle una cruz a la tumba del perro? —pregunta el chico, sorprendido.

—Por si acaso.

—¿Por si acaso qué?

—A lo mejor algunos perros también van al Paraíso —contesta el viejo—. En ese caso, una cruz en su tumba sería un buen aval. ¿No te parece?

Al chico no le parece nada, pero se calla. No es momento de hablar de la vida del más allá, ni para los perros ni para las personas.

—Yo he estado rezando mientras enterrabas a Escipión. A mi manera, pero lo he hecho.

—Ha hecho usted muy bien. Por si acaso, no está de más —le contesta Fernando.

No quiere contradecir al viejo, y menos en estos momentos.

—Cuando me muera, me gustaría encontrarme a Escipión al otro lado. No te creas que son muchas las personas con las que estaría encantado de coincidir allí arriba. Con tres o cuatro, nada más. Espero que el Paraíso no esté demasiado concurrido. Llevo casi toda mi existencia teniendo una vida bastante solitaria. No estaría bien tener una eternidad multitudinaria.

—A Sirim sí que le gustaría encontrarla, ¿a que sí?

—¿Y a ti quién te ha dicho que esté muerta?

—Bueno, yo, no sé. Lo digo por decir, así, en general. Tampoco usted está muerto.

—Yo no tardaré mucho. Y en cuanto a ella...

El hombre deja de hablar unos momentos para agacharse y enderezar la cruz que Fernando no ha clavado lo suficiente en la tierra. El viento la ha torcido. Baltasar la introduce de nuevo con cuidado, para no atravesar el cuello del perro, que debe de estar justo debajo. Se levanta de nuevo y se acerca a la fila de repollos, que hay al lado de las coles rojas. Coge uno, grande y blanco, lo pasa de una mano a otra. Pesa. Tiene muchas hojas.

—Hoy comeremos repollo al horno, chaval. Hojas de repollo untadas en mantequilla de verdad, de la de las vacas que pastan ahí cerca. No habrás comido nada mejor en toda tu vida.

Fernando sonríe. Está seguro de que ha comido muchas cosas mejores que las hojas de un repollo, que nunca ha sido su comida favorita.

—No te asustes, chico. Las acompañaremos de un revuelto de huevos con jamón cocido. Y con ese par de tomates verdes que vas a coger ahora mismo.

El chico obedece y coge los tomates. Se los acerca a la nariz. Huelen que alimentan.

—Descansa en paz, Escipión —dice el farero, de pie ante la tumba del perro, con el repollo en una mano y la pala en la otra—. Fuiste un buen amigo durante muchos años. Me has aguantado más que ningún otro ser vivo que haya habido jamás sobre la tierra. Has tenido paciencia conmigo y siempre has entendido mi vida solitaria lejos del pueblo. Tal vez hayas echado de menos las diversiones que seguro que habrán tenido otros congéneres tuyos, pero creo que te he dado una buena vida, y que he sido fiel a tu amistad casi tanto como tú lo has sido a la mía.

»Que la tierra y la eternidad te sean leves, amigo Escipión. Ave María Purísima.

El muchacho se queda callado.

—Contesta —le dice Baltasar.

—Que conteste... ¿a qué?

—A lo que acabo de decir.

—¿A qué? —repite el chico.

—Después de «Ave María Purísima» se contesta: «Sin pecado concebida». ¿Es que no te has confesado nunca o qué?

—Pues no, señor. Mis padres no son muy religiosos.

—Ya veo. Pues ahora ya lo sabes. Tienes que contestar: «Sin pecado concebida»

Fernando repite la fórmula sin saber lo que está diciendo. Como cuando se tuvo que aprender la fórmula de las ecuaciones de segundo grado sin entender ni una letra ni un número de aquello de que «X es igual A menos B más menos raíz cuadrada de B cuadrado menos cuatro a C partido por dos A». Eso que no entienden ni quienes dicen que lo entienden. Pues igual repite Fernando ahora lo de «Sin pecado concebida».

Vuelven a faro y comen sin hambre y sin gana. Tampoco hoy duermen la siesta. Ninguno de los dos dormiría una hora después de haber enterrado a Escipión.

50

Tenía una semana entera para pasarla con Sirim. No me lo podía creer. Me invitó a pasar a la casa. En el vestíbulo había una escalinata como esas que salen en las películas americanas, y un gran salón con muebles de mimbre y de madera lacada y policromada. Como la de la caja que encontraste anoche en el contenedor. Otras piezas tenían incrustaciones de nácar y de marfil. En otros, finas capas de madera formaban los dibujos. En una vitrina había una colección imponente de teteras de porcelana de diferentes países: porcelana inglesa, holandesa, china, húngara, hasta un samovar ruso casi tan alto como yo. Nunca había visto en ninguna casa nada ni remotamente parecido a lo que había allí. Ni siquiera la casa de mi tía Encarnación se parecía en nada. La suya era oscura, con muebles pesados de caoba e imágenes de mártires y cruces por todos los lados. La de Sirim era una casa hecha de luz. Como ella. Todo lo que giraba a su alrededor irradiaba luz. También el altar dedicado al Buda ante quien había una ofrenda de flores frescas del jardín, que perfumaban toda la estancia.

Sirim dejó mi regalo sobre una de las mesas y me pidió que me sentara en uno de los sofás de tela adamascada de color marfil. Aunque me había duchado antes de ir a verla y me había cambiado de pantalones, temía manchar aquel lugar. Me daba miedo dejar alguna constancia de que yo no era más que un pobre marinero en medio del Edén. Alguien a quien no correspondía estar allí. Mis zapatos me delataban de nuevo, esta vez en el suelo de madera en el que se oían mis pasos como las notas desafinadas que eran.

Me senté y Sirim lo hizo a mi lado. Volvió el criado y esta vez nos trajo la misma botella de cristal que la vez anterior, con zumo de mango, y los dos vasos.

—Tengo que ir mañana a una de nuestras propiedades —dijo por fin—. Estaría bien que me pudieras acompañar. Es un lugar muy hermoso del interior, a unas cuatro horas en coche desde aquí. ¿Vendrás conmigo?

¡Imagínate! ¿Qué más podía esperar? Me estaba invitando a ir con ella de excursión. Por supuesto, le dije que sí.

—Así me sentiré más segura. A veces los caminos son inseguros. Mamá se alegrará de que no vaya sola.

En ese momento entró en la sala una mujer de unos cincuenta años que se parecía mucho a Sirim. Tenía el cabello gris y los mismos ojos que ella, pero

negros. No tuve ninguna duda de que a ella corres-
pondía la silueta y la mano que corría las cortinas
en el piso de arriba. Vestía un sari de color naranja
y un collar de piedras del mismo color que entonces
no supe identificar, y que después supe que eran za-
firos.

* * *

—Pero los zafiros son azules —le interrumpe Fernando.

—Los hay de todos los colores, menos rojos. No son todos azules, ni mucho menos. Pero eso lo supe mucho después. Y ahora no me interrumpas.

—No, señor.

* * *

La dama me acercó la mano y yo se la estreché.
Error. Debía habérmela acercado a la boca y hacer
ademán de besarla. Es lo que habría hecho un ca-
ballero, pero yo no lo era, aunque había imitado el
gesto una vez con Sirim. Me sonrió condescendien-
temente y dijo algo a su hija en su lengua. Algo que
Sirim no me tradujo y que supuse que no sería nin-
guna lindeza hacia mi persona. Ambas se sentaron
juntas y yo no sabía qué hacer. La mujer extendió
su brazo y me indicó una silla para que me acomo-
dara. Lo hice. Ellas siguieron hablando unos minutos

antes de dedicarme alguna atención. Finalmente, Sirim se dirigió a mí.

—A mi madre le parece muy bien que me acompañes a Sigiriya. Es el lugar donde tenemos una plantación de arroz y tengo que llevar unos documentos. Le he hablado muy bien de ti. Y lo mismo ha hecho mi padrino.

El sirviente entró con otra bandeja que colocó frente a su señora. Una tetera humeante, una taza con su plato y una minúscula lechera. Flores delicadamente pintadas de verde en porcelana blanca.

—Mamá solo bebe té. Y este es su servicio preferido. Lo recibió como regalo de bodas de parte de una dama húngara, viuda de un coronel de caballería que se había retirado en la isla después de la caída del Imperio tras la Primera Guerra Mundial. La dama en cuestión lo encargó expresamente a Hungría para la ocasión —me explicó Sirim.

Y como comprenderás, me importaba más bien poco la historia de aquellas piezas de porcelana húngara, que habían recorrido medio mundo en una caja de madera y envueltas en papeles de seda para llegar sanas y salvas a aquella casa en la que yo estaba sentado, al lado de dos mujeres que hablaban de sus posesiones en la isla como yo podía hablar de mis tres camisas, mis dos pares de pantalones, y mis zapatos de plástico, que era, prácticamente, lo único que poseía en esta vida. Eso, mi afán por ver el mundo, y mi amor por Sirim, componían mi único tesoro.

51

Salimos temprano a la mañana siguiente, a eso de las cinco, antes de que amaneciera. El coche de Sirim con su chófer me recogió en el muelle, pero no delante del barco. No quería que nadie supiera que me venían a buscar en un automóvil tan lujoso, que no era el mismo del que había visto bajar a Sirim en dos ocasiones. Cuando el conductor me abrió la puerta, Sirim estaba ya sentada. Vestía una camisa amarilla y un pantalón negro. Era la primera vez que la veía con ropa occidental, a excepción de las primeras veces en el malecón, cuando llevaba el uniforme blanco del colegio. El vehículo olía a nardos y ella también. Se había perfumado de manera distinta a las demás veces. No recordaba ese olor. De hecho, no recordaba que ella oliera de ninguna manera. Las dos veces que nos habíamos besado no había sentido ningún tipo de aroma que viniera de su piel. En cambio, en ese momento, una empalagosa fragancia de nardos lo inundaba todo. Estuve a punto de marearme, pero conseguí abstraerme del olor y concentrarme en Sirim, que me explicaba detalles acerca de la plantación de arroz y del lugar a donde íbamos. Lo de la plantación me importaba más o menos lo mismo que lo de las tazas de porcelana, pero la historia del pueblo que íbamos a visitar tenía todos los ingredientes para parecerme muy atractiva. Sobre todo porque la narración viajaba directamente de la boca de Sirim a mis oídos.

Nos costó más de cuatro horas llegar a nuestro destino. Hacia las nueve de la mañana, Sirim entró en un edificio bajo junto a la plantación después de hacer sus ofrendas a la estatuilla de un Buda sentado que había en la entrada. Me pidió que me quedara fuera y así lo hice. Era una zona llana, de arrozales. Solo había una montaña, que se erigía a varios kilómetros hacia el norte. Una formación rocosa extraña tanto en la forma como en el hecho de que era la única en todo el horizonte. Como si unos gigantes la hubieran colocado allí al comienzo de los tiempos.

* * *

—¿Como Stonehenge? —le pregunta el chico.

—En aquel momento pensé en aquellas piedras que había visto en el sur de Inglaterra unos meses antes. Pero esto era diferente.

—¿Fueron hasta allí?

—Espera, espera, muchacho. No quieras saberlo todo de pronto. Sirim me había contado algo en el coche acerca de aquel monte, pero no había sido capaz de imaginármelo...

* * *

Tardó más de una hora en aparecer de nuevo. Para entonces, ya me había hecho amigo de dos monos que se entretenían en comer un par de cocos que habían lanzado desde lo alto de una palmera. Casi me dieron en la cabeza con uno de ellos. Me tuve que apartar. Al principio no les gustó mi presencia, pero después de media hora de convivencia en el mismo terreno, habían terminado por aceptarme, e incluso por ofrecerme un trozo de coco que no acepté.

Sirim parecía contenta. Me dijo que había conseguido solventar los problemas con los arrendatarios de una manera favorable, y que teníamos el resto del día libre para subir a la Roca, donde había cosas que me quería enseñar.

El coche se dirigió hacia la montaña, que se iba convirtiendo en una mole imponente conforme nos íbamos acercando. Descendimos del vehículo junto a un pequeño lago lleno de flores de loto completamente abiertas e inmensas.

—Coge unas cuantas para hacer una ofrenda ahí arriba —me ordenó.

Me quité los zapatos y los calcetines, me remangué los pantalones y me metí en la orilla para cumplir el deseo de mi amada. Si me hubiera dicho que me hubiera introducido piedras en los bolsillos para hundirme en las aguas, también lo habría hecho. El amor me había hecho imbécil. En fin... El caso es que cogí las flores y se las di. Ella, a cambio, me dio un beso en la mejilla y me cogió de la mano para que camináramos juntos.

Llegamos a los pies de la montaña después de atravesar unos jardines con restos de muros.

—Este fue un lugar sagrado durante mucho tiempo. —Sirim había bajado el volumen de su voz en cuanto nos fuimos acercando a la montaña, que ella llamaba la Roca—. Hubo asentamientos de monjes budistas en las diferentes cuevas. Eran como ermitaños, que vivían en soledad para meditar y alcanzar los estados de pureza que predica el budismo. Después, en el siglo V ocurrieron cosas terribles: un príncipe mató a su propio padre y exilió a su hermano para hacerse con el poder de la isla. Para protegerse de todos sus enemigos mandó construir un palacio arriba del todo. La Roca era una fortaleza inexpugnable. Nadie podría asaltarla jamás. Dicen que tenía forma de león, aunque el tiempo ha destruido muchas de las construcciones que mandó hacer aquel rey.

—¿Y qué fue de él?

—Sucumbió en la guerra que abrió su hermano contra él cuando volvió del exilio para recuperar el trono.

Empezamos a subir por unas escaleras de piedra construidas aprovechando los desniveles de la roca, y entre piedras gigantescas donde de vez en cuando se abrían las grutas que habían sido habitadas por los monjes en la antigüedad. Era todo de tamaño formidable, como hecho por seres de otro mundo. Conforme íbamos subiendo, el camino se iba haciendo más angosto y estaba más pegado a la pared exterior de la Roca. No había nadie más que nosotros dos.

—Lo más bonito de esta montaña está en un lugar al que se accede con una escalera de cuerdas. Estamos a punto de llegar. Solo he estado dos veces antes. Una vez con mi padre cuando era niña. Y otra vez con mi padrino.

No me gustó que nombrara a aquel hombre en ese momento. Pensar que el tipo inglés había estado con Sirim en aquellos parajes me producía desasosiego. Intenté borrar de mi mente el comentario y la imagen que tenía de él en el puerto de Southampton.

* * *

—¿Lo consiguió, capitán? —le pregunta Fernando.
—No.

52

Seguimos subiendo un rato más hasta que en mitad del camino vimos una escalerilla de cuerda que pendía de un abrigo rocoso a unos veinte metros por encima de nuestras cabezas.

—Hay que subir por ahí para ver a las damas.

No sabía a qué se refería. ¿Pretendía que subiéramos por aquellas cuerdas que colgaban de la montaña? Caerse de allí significaba precipitarse al abismo.

—No estarás diciendo... —empecé a decir.

—Claro. Es la única manera de ver a las damas más hermosas de la historia del arte —dijo—. Alguien las pintó ahí arriba. Alguien que tenía que subir por una escalera como esta hace mil quinientos años. Son preciosas.

—¿Y no te da miedo encaramarte a esto? —dije tocando aquella escalera móvil que se mecía al viento y cuyo movimiento me recordaba al de una serpiente que había visto en el arrozal.

—No.

En ese momento tuve ganas de nuevo de salir corriendo, pero había algo magnético en Sirim que me lo impedía. Sus ojos, su sonrisa y pensar que su padrino había estado allí me dieron el empujón que necesitaba.

—*Vamos* —*dijo.*

Y empezó a trepar como si fuera una trapecista habituada a hacerlo cada día. No había vuelta atrás. No podía quedarme abajo como un pasmarote. Tenía que subir yo también. Me acordé de los libros que había leído sobre aquellos barcos antiguos en los que los vigías tenían que trepar por escaleras similares al palo mayor. Respiré hondo y comencé el ascenso. Intentaba no mirar hacia abajo porque allí había un piélago infinito en forma de rocas que romperían cada uno de mis huesos si me caía. No quería imaginar mis sesos desparramados sobre las piedras que un día pisaron aquellos monjes budistas que buscaban armonía con el cosmos y consigo mismos. Seguí subiendo tras Sirim, que llevaba colgada del cuello una cámara fotográfica, y que había metido en sus bolsillos los tallos de las flores de loto. Había perdido dos de ellas, que habían caído en el abismo al que yo no quería mirar.

Por fin llegamos al abrigo rocoso. Tenía unos cien metros de largo y un par de metros de altura. Y en las paredes estaban ellas, esperando que Sirim y yo las contempláramos.

* * *

—¿Quiénes eran ellas? —interrumpe Fernando la narración del viejo, que se levanta para ir al cuarto de baño.

El chico aprovecha para mirar por la ventana y comprobar que el viento no ha movido la cruz sobre la tumba de Escipión. El hombre continúa su narración cuando regresa del lavabo.

—En realidad nadie sabe si representan a divinidades femeninas asiáticas, o a mujeres del harén de aquel rey cruel que mandó construir la fortaleza. El caso es que eran bellísimas. Con el torso desnudo tan hermoso como me imaginaba yo que sería el de Sirim.

* * *

Algunas sujetaban flores de loto entre sus dedos. Otras llevaban bandejas con viandas que ofrecían al aire, que era el único que pasaba por allí habitualmente.

Sirim rescató las flores que aún le quedaban en los bolsillos y las colocó en el suelo bajo una de las damas.

—Es mi favorita —dijo, y se quitó la cámara del cuello—. Hazme una foto con ella.

Nunca había hecho una fotografía en toda mi vida. No sabía qué había que hacer.

—Solo tienes que mirar por este cuadradito y apretar este botón con el dedo índice. Luego con el pulgar mueves esta palanca hacia la derecha, así pasa el carrete para poder hacer la siguiente foto.

Entonces no era como en estos tiempos, que se pueden hacer casi infinitas fotografías con el teléfono.

Entonces había unos cilindros que se colocaban dentro de la cámara, y con los que se podían hacer doce, veinticuatro o treinta y seis fotos. Si se acababa el carrete, ya no se podían hacer más. Aquel día agotamos el carrete de 36 que había puesto Sirim en su máquina fotográfica, una Leica de última generación, como se dice ahora.

Sirim se colocó delante de aquella mujer de pechos turgentes y cabellos adornados con flores y con joyas espléndidas y me miró. Di dos pasos hacia atrás para encuadrar mejor, y casi me caigo al vacío. Me debieron de proteger los espíritus de aquellas damas, que no querían ver morir junto a ellas a un joven marinero enamorado. Después fui yo quien posó junto a otras dos de aquellas ninfas por las que no parecía que hubieran pasado casi mil quinientos años. Eran hermosas, y el hecho de haber sido pintadas en aquel lugar inaccesible las dotaba de una magia extraordinaria. Imaginé al artista que subía cada día al amanecer para preparar la pared, mezclar los colores y crear a aquellas mujeres desde su imaginación o desde su memoria.

—Pasaron siglos ahí sin que nadie supiera que estaban. Fue un inglés el que las descubrió en 1908. Se encontró con todo, con las damas, con las garras de león y con los restos del palacio que hay más arriba.

Me temí lo peor. ¿Habría que seguir subiendo por escaleras circenses para cruzar abismos como los que don Senén nos decía que llegaban hasta el infierno?

—Pero no te preocupes. —Sirim me leyó el pensamiento—. El camino ya es más fácil a partir de ahora. Tenemos que bajar por la misma escalera, y luego continuar por el sendero.

Y así lo hicimos. De nuevo la escalera de cuerda, pero esta vez hacia abajo y sin mirar. Cuando mis pies tocaron tierra hice la señal de la cruz con mis dedos y besé el suelo. Sirim se echó a reír.

—Vamos. Esto no es nada para un intrépido marino como tú.

Pero yo no era un intrépido marino. Era un grumete cuya misión en el barco era la de limpiar las cubiertas y los camarotes de los oficiales con una escoba y con un cepillo. No había mucho de heroico ni de arriesgado en mi trabajo de todos los días. Pero no se lo dije. Me limité a sacarle una foto a su risa, con el bosque de palmeras y sus propios arrozales al fondo.

53

Continuamos nuestro caminar por una estrecha senda en la que no podíamos ir juntos, sino uno delante de otro. Yo siempre iba detrás y de vez en cuando me preguntaba qué demonios estaba haciendo.

—Por lo que cuenta, estaba visitando uno de los lugares más alucinantes del mundo —dice Fernando.

—Sí que lo es. La Roca del León de Sigiriya fue declarada «Patrimonio de la Humanidad» por la Unesco en 1982. Y yo la vi mucho antes, cuando no había turistas. Fui un privilegiado, chaval. Pero aun con todo, no sabía qué hacía yo allí con una mujer como Sirim. Y, sobre todo, me preguntaba qué hacía una chica como ella con un chico como yo.

—Estaba enamorada —le contesta el muchacho.

—Sí, claro. Era eso. —Baltasar se muerde el labio inferior y mueve la cabeza de un lado a otro—. Era eso. ¿Te apetece dar una vuelta con el barco?

—¿Con La Dama de Ceilán?

—Claro. Todavía quedan varias horas de luz y la mar está en calma. Hace una tarde perfecta para navegar un rato.

—Como quiera.

—En marcha —dice el viejo y se levanta ágil de la butaca. Le duelen las rodillas y el resto del cuerpo, pero no dice nada.

Quiere salir por última vez con La Dama al atardecer, y lo quiere hacer acompañado. No se siente con fuerzas suficientes para navegar solo. Tampoco para sentir en soledad la ausencia del perro. Será la primera vez en la que no esté Escipión en la orilla ni cuando zarpe ni cuando regrese.

Bajan al muelle y desatan el nudo. Suben a bordo y Baltasar enciende el motor. La Dama de Ceilán se pone en marcha, y su nombre tiene ahora un significado muy diferente para el muchacho. También los ojos que miran a uno y a otro lado de la proa como en las barcas de los pescadores malteses. El chico piensa que el farero quiso reproducir en ellos los ojos de Sirim.

—¿Vamos a pescar, señor?

—Lo podemos intentar. A estas horas los pulpos y los bueyes de mar andan bastante despistados por ahí enfrente. —Señala la costa oriental—. ¿Te apetece cenar pulpo?

—No estaría mal.

—Algo pescaremos. Eso es algo que he aprendido a lo largo de todos mis años, que siempre se acaba pescando algo —dice mientras le guiña un ojo a Fernando.

Navegan diez minutos hacia alta mar. La torre del faro no es más que un punto en tierra, como las granjas que se asoman tímidamente al mar desde las colinas. Baltasar para el motor y echa una nasa por la borda en la que ha puesto previamente unas lombrices del huerto como cebo.

—Algo entrará.

Se sientan cada uno en un lateral del barco. El viejo a babor, el chico a estribor. No hay viento y solo se oye el ligero batir de las olas en el casco de la embarcación. Una gaviota silenciosa se ha posado en la proa y mira hacia delante como los viejos mascarones de los navíos antiguos. Baltasar y Fernando piensan en la sirena que encontraron la otra vez que salieron juntos a pescar, pero ninguno de los dos dice nada. Cada uno está inmerso en sus pensamientos. Unos pensamientos en los que están presentes la sirena, Sirim, y las damas pintadas de la montaña sagrada. En Fernando, los rostros solo existen en el blanco, gris y negro de las fotografías. Los mismos colores de la gaviota que ambos contemplan. Baltasar, pese a que su memoria ha ido perdiendo brillo con el paso de los años, los guarda en su recuerdo a todo color. Como las plumas de los loros que tenían los piratas en los viejos libros de aventuras.

Un rato después, el cabo se pone tenso: algo ha entrado en la nasa. El chico ayuda al marino a subirla a bordo. Esta vez no hay sirenas. Solo dos bueyes de mar, un pulpo y un par de verdeles.

—Bueno, no está mal, ¿no te parece?

—Está muy bien, capitán.

—Cenaremos los bueyes de mar, y lo demás lo dejaremos para mañana. ¿Te gusta el plan?

—Un plan estupendo, señor.

Mientras se dirigen a tierra, el sol va bajando y escondiéndose al otro lado del mar. Fernando piensa que hoy parece que tenga prisa de acostarse. Le da la impresión de que desciende con más rapidez que otras tardes. La gran bola de color naranja se convierte en una línea minúscula antes de desaparecer y de transformar el mar y el cielo en una paleta diferente de colores. Se desangran las nubes y su reflejo tiñe de rojo el océano desde el horizonte hasta la estela que va dejando La Dama de Ceilán.

Después de cenar los cangrejos, Baltasar prosigue su narración.

54

*T*ras unos minutos por la escarpada senda que dejaba a las damas en su refugio rocoso, llegamos a una explanada inesperada. Un terreno liso, trabajado por manos humanas, con restos de muros y con lo que al principio me pareció una roca de formas caprichosas.

—Ya hemos llegado a las garras del león —dijo Sirim.

Y efectivamente, lo que había tomado por una roca sin más, era la representación de una garra gigantesca, con sus dedos y sus uñas tallados en la propia piedra hacía más de mil cuatrocientos años. Alguien hizo aquello más o menos en la misma época que otro u otros artistas pintaron las mujeres misteriosas que acabábamos de ver. Pero lo más majestuoso de todo era que entre las dos pezuñas ascendían gradas en un camino sinuoso hasta la cima de la montaña. Y era allí arriba donde aquel monarca cruel había mandado construir su palacio.

La subida tampoco fue fácil, pero subimos. Sirim no quería que me perdiera la vista extraordinaria desde lo que había sido una fortaleza de la que no quedaban más que ruinas. Había viento y avispas de las que protegerse. Miráramos hacia donde miráramos, la jungla, los arrozales, los lagos con nenúfares y con flores de loto. Nos besamos junto a lo que había sido una cisterna que recogía el agua de lluvia para la provisión del rey, su familia y sus sirvientes. Me preguntaba cómo subirían los alimentos hasta allí. Y cómo habían podido construir todo aquello en un tiempo en el que no había ni grúas ni nada parecido.

—Es que los cingaleses somos muy listos —contestó Sirim.

Y yo pensaba en los cientos de personas que muy probablemente habían trabajado allí en condiciones infrahumanas. Tal vez habían sido prisioneros esclavizados los encargados de crear lo que pisábamos Sirim y yo, y todo lo que el tiempo y las guerras posteriores habían destruido. Recordé lo que había pasado poco tiempo atrás en Europa con los campos de concentración de la Segunda Guerra Mundial.

Pero los besos de Sirim apenas me dejaron pensar en la maldad del ser humano. Tenía en mis brazos a la mujer de la que estaba enamorado, y el mundo entero a mis pies. O al menos eso creía yo entonces.

Sirim era la criatura más hermosa que había visto en mi vida y me amaba. ¿Qué más podía desear?

Bajamos cogidos de la mano todo el camino. No nos encontramos con nadie. Dos o tres monos que jugaban a tirarse ramas, y que nos lanzaron un par de ellas porque habíamos perturbado su entretenimiento. Una serpiente que descansaba al sol en una roca y vigilaba la entrada de una de las cuevas de antiguos monjes budistas. Pasamos a su lado con mucho sigilo y no se enteró de nuestra presencia, o al menos no nos lo hizo saber. El aire trajo un par de veces el barrito de dos elefantes, probablemente un macho y una hembra que se buscaban, pero que no llegamos a ver. Recordé de pronto el dibujo de la puerta de la casa de Sirim y del lacre que sellaba la caja de té que había llevado a Southampton. Le pregunté.

—Es el emblema de nuestra familia. Es muy antiguo. Un rey se lo concedió a mis antepasados por los servicios prestados.

—¿Un rey de Inglaterra? —le pregunté.

—No, no. Un rey de Ceilán, mucho antes de que llegaran los ingleses a colonizar nuestra tierra. Mi familia no tuvo nunca buena relación con los gobernadores británicos. Nunca —repitió.

Acabábamos de llegar junto al lago, donde nos esperaba el chófer, que leía sentado en una roca. En cuanto nos vio se levantó y cerró el libro.

—Pero tu padrino es inglés —le recordé ya en el coche.

—Tampoco él era muy amigo de los suyos durante las revueltas por la Independencia. Ayudó a mi padre, aunque no pudo evitar que lo mataran los soldados de Su Majestad.

Era la primera vez que hablaba de su padre.

—Entre los trabajadores de la plantación de té había varios cabecillas que se levantaron en armas contra el ejército imperial. Mi padre los apoyó, y eso le costó la vida. *Yo era una niña y no recuerdo muchas cosas, pero sí que me acuerdo de mi padre cuando me llevaba a ver las plantas del té, y cuando me enseñaba las piedras preciosas que sacaban de una de sus minas. Me gustaba el brillo y los colores. A veces me dejaba algunas y jugaba con ellas a las canicas.*

—*¿Jugabas a las canicas con diamantes?*

—No, precisamente con diamantes, no. Con zafiros, turmalinas, rubíes, granates... Cada piedra tenía un color diferente. Aunque esta era mi preferida.

Me enseñó el anillo que llevaba en el dedo corazón de la mano izquierda. Era una piedra ovalada, lisa, de un color lunar. Estaba rodeada por otras piedras más pequeñas, talladas, de color azul oscuro.

—*Es un zafiro de estrella —me dijo—. Si le da el sol o una luz directa, se ve una estrella de seis puntas.*

Le pidió al chófer que detuviera el automóvil. Salimos y levantó ligeramente la mano para que la piedra recibiera la luz del sol. Efectivamente, enseguida se formó una estrella de seis puntas.

—*La estrella permanece escondida hasta que una luz la ilumina. ¿No te parece maravilloso?*

Y en verdad lo era. Me llevé la mano a los labios para besarla. Ella la retiró enseguida. El conductor estaba en el coche y probablemente nos miraba.

He de confesar que nunca me habían interesado las piedras preciosas lo más mínimo, pero aquella piedra en la que aparecía y desaparecía una estrella como por arte de magia, me fascinó casi tanto como Sirim.

55

Aquella noche volví al barco feliz como no lo había sido en toda mi vida. Tenía la cabeza tan llena de Sirim y de todo lo que había experimentado ese día que no conseguí quedarme dormido hasta bien entrada la madrugada. Mis compañeros de camarote no estaban y pensé que andarían pasando la noche en algún antro de mala muerte en compañía de alguna mujer a la que deberían pagar por sus servicios cuando amaneciera. En cambio, yo me sentía orgulloso de estar viviendo una historia de amor de verdad, sin ningún tipo de compensación ni por una parte ni por la otra. Sirim y yo estábamos enamorados y nada ni nadie nos iba a separar. Eso pensaba yo. La verdad es que no le había dicho todavía las palabras que se dicen los enamorados. No habíamos intercambiado ningún «te quiero» ni nada por el estilo. Pero yo sentía en sus ojos y en su piel que no nos hacían falta las palabras.

A la mañana siguiente volvimos a viajar. Esta vez a una ciudad de la costa. También tenía algunos negocios que solucionar allí y me había pedido que la acompañara. A las siete de la mañana me volvió a recoger el coche. Pero esta vez ella no estaba dentro.

Había que recogerla en otro lugar, me dijo el chófer, cosa que me extrañó. Recorrimos estrechas calles que ya a esas horas estaban atestadas de gente. El conductor paró el automóvil en la puerta de un templo y enseguida salió Sirim de él.

—He ido a hacer mis ofrendas temprano. También he rezado por ti. —Y me acarició el pelo con su mano derecha mientras hablaba—. Tienes cara de no haber dormido mucho.

—He pensado en ti toda la noche —le confesé— ¿Y tú? ¿Has pensado en mí?

—Pues claro —dijo, y se puso a mirar por la ventanilla.

Llevaba un sari de color rojo que complementaba con un chal granate. Su ropa y las sandalias en sus pies me decían que al menos hoy no tendríamos que trepar por escaleras de cuerda ni por montañas con garras de león.

Llegamos a la ciudad de Galle un par de horas después de bordear la costa por la carretera. Era una localidad amurallada. En ella habían estado los portugueses, los holandeses y los ingleses. Todas las casas y los edificios donde habían vivido las guarniciones militares de unos y de otros ocupantes tenían un sabor colonial que me recordaba al de algunas ciudades de América. Hasta el trazado de las calles guardaba un orden casi marcial: la ciudad era una gran cuadrícula.

Entramos en una de las casas de la calle principal. El escudo de la roca con el elefante en la puerta me dijo al instante que aquella era la casa familiar de Sirim. Un criado nos abrió la puerta con muchas reverencias. Ya dentro, dos mujeres y tres hombres más nos dieron la bienvenida. Había un patio interior en torno al que se abrían todas las estancias, como en los patios andaluces. Sirim me pidió que la esperara en un salón que había a la derecha del patio. Me senté en un sillón de terciopelo verde arsénico, y desde allí contemplé la decoración. Me llamaron la atención especialmente varios retratos en una de las paredes. Uno era de su madre, otro de ella a la edad con la que la conocí en el malecón de Colombo. Y luego había dos retratos masculinos, uno debía de ser el padre de Sirim. Y el otro... El otro era del tipo de Southampton.

* * *

—¿El padrino? —pregunta Fernando.
—El mismo.

* * *

Y reinaba en el salón de aquella casa al mismo nivel que quien había sido su dueño. Al menos, a juzgar por el tamaño de su retrato.

No supe a quién había visto Sirim en la casa durante el rato en el que la estuve esperando. Un criado me sirvió un té con unas pastas dulces de crema. Me dio tiempo a comérmelas todas. Al cabo de un rato oí voces y salí al patio. Las voces venían del piso de arriba y una de ellas era la de Sirim. La otra era de un varón al que no llegué a ver. Enseguida dejé de oírlas y regresé a la sala, donde me encontró Sirim sentado en el sillón de terciopelo verde.

—¿Va todo bien? —le pregunté.

—Claro —contestó. Y aunque tenía la cara desencajada, quise creerla—. Los negocios a veces son complicados.

—Pero esta es tu casa, ¿no?

—¿Por qué crees que lo es?

—Por el emblema que hay en la entrada, y en la tetera. —Todo el servicio tenía el consabido dibujo del elefante.

—Eres muy observador. —Noté cierta inquietud en su mirada mientras pronunciaba esas palabras.

—Los marineros tenemos esa fama —le contesté, pero no era verdad. Me acababa de inventar esa máxima.

—Entonces, tal vez me hayas oído discutir con un hombre.

—Sí. He oído voces. Pero no he entendido nada.

—Bien —dijo, y nunca me había parecido tan enigmática. Miró el reloj de pie que había en la sala. Era uno de esos relojes pesados, aburridos y presuntuosos—. Tenemos tiempo de dar un paseo por la ciudad. ¿Te apetece?

Le dije que sí, y no le pregunté por el hombre con el que había discutido. Recorrimos las calles, todas paralelas o perpendiculares a la suya, y subimos a la muralla, que separaba la ciudad del océano. Anduvimos un rato en silencio por ella, cogidos de la mano y besándonos de vez en cuando. Enseguida llegamos al faro. Era un faro completamente blanco y redondo como este. De repente, me entró una extraña nostalgia por mi casa y por mi familia.

—Cuando estoy en tierra, yo vivo en un sitio como este —le dije—. Mi padre es farero.

—Pero tú has preferido la aventura del mar en vez de quedarte quieto en un lugar —me miró de frente mientras hablaba—. Si hubieras permanecido en tu faro, nunca nos habríamos conocido.

—Y conocerte ha sido lo más hermoso que ha pasado en mi vida —le confesé antes de besarla.

Estábamos junto al mar, como la primera tarde en que la vi, y sus besos sabían a sal. La abracé fuerte como si con mi abrazo la estuviera amarrando para que no desapareciera para siempre de mi lado. Aquella fue la primera vez que tuve la sensación de que la iba a perder muy pronto.

56

—Bueno, chaval. Será mejor que nos retiremos a dormir. Se ha hecho muy tarde y hoy ha sido un día duro.

—Tiene razón, capitán. Pero solo me quedan dos días de estar aquí con usted. Y me gustaría saber cómo termina la historia.

—¿La historia? ¿Qué historia?

—La que me está contando sobre Sirim y usted.

—Hay historias que no terminan hasta que a uno le llega el último suspiro. O que continúan precisamente entonces. Eso me pasa a mí con Sirim. Pero no te preocupes, que mañana te contaré lo que pasó después. Ahora vete a dormir. Yo voy a hacer lo mismo. Vamos, Escipión —empieza a decir, pero enseguida se da cuenta de que esta noche el perro ya no está. Ni volverá a estar—. ¡Qué tonto soy! He estado a punto de llamar a Escipión para mandarlo arriba a dormir, como todas las noches. Bueno, chaval, que descanses.

—Igualmente, señor.

Lo primero que hace Fernando cuando entra en su habitación es abrir la caja lacada y volver a mirar las fotografías. Reconoce los lugares que ha estado describiendo el viejo en su narración: los frescos en la roca con las damas, las gigantescas garras del león, el faro de Galle, la calles ordenadas y coloniales de la ciudad... Sirim en casi todas las fotos, primeros planos, medios, de cuerpo entero, sus manos... Observa sus dedos y el anillo con el zafiro casi blanco en el que no consigue ver la estrella, que permanece escondida al otro lado del papel.

También hay imágenes de una plantación de té en una colina. En ellas, un grupo de mujeres cargan a la espalda una especie de mochilas abiertas en las que van metiendo las hojas de té. En otras, Baltasar está ante las ruinas de viejos templos, o de viejos palacios. Y en la mayoría, Sirim, que lo mira desde el pasado en blanco y negro. Al chico le parece que hay algo enigmático en su mirada. Algo inquietante en ella que no sabe determinar qué es.

Vuelca el contenido de la caja sobre la cama, y cuando la agita, nota que aun estando aparentemente vacía, sigue habiendo algo que se mueve en el interior. Piensa que debe de ser alguna pieza rota de la propia caja y la deja estar. Vuelve a meter todo donde estaba. Tiene sueño y se acuesta. Entonces se da cuenta de que se ha quedado fuera una de las fotografías. En ella, Baltasar y Sirim miran a la cámara cogidos de la mano delante de un faro. Al principio le parece que es el mismo que tiene a su lado y cuya luz ilumina la foto cada pocos segundos. Pero pronto se da cuenta de que el de la foto no es tan alto, no tiene ninguna casa añadida, y además está construido sobre una muralla. Es el faro de la ciudad de Galle, de la que le acaba de hablar el marino.

Fernando se duerme con la idea de que las fotos le cuentan la misma historia que le está narrando Baltasar. Solo que las imágenes están desordenadas y no puede saber su orden cronológico. Por lo tanto, si quiere conocer el final de la historia tendrá que esperar a que el viejo se la cuente. Y solo le queda un día y medio de estancia en el faro.

Baltasar se queda dormido enseguida a pesar de todo. Como él mismo ha reconocido, el día ha sido duro. Ha sentido la despedida a Escipión como una antesala de la suya propia. Teme dormir y no volver a despertar. Intenta mantenerse despierto con el libro que está leyendo, pero a eso de las dos de la madrugada lo vence el cansancio y se duerme. Sueña con los ojos de Sirim aquel día junto a las damas pintadas casi mil quinientos años atrás, y con mares cuyas aguas brillan como piedras preciosas danzando en la superficie.

Cuando se despierta, Fernando ya está en la cocina y ha preparado un desayuno delicioso de huevos y pan con aceite, ajo y tomates recién cogidos del huerto. El chico está impaciente por saber qué pasó realmente entre Sirim y Baltasar.

57

Estuvimos viajando por casi toda la isla durante aquella semana. En todos los lugares que visitábamos, las gentes trataban a Sirim con el respeto que antiguamente otorgaban a las princesas y a las damas principales. La conocían o habían conocido a su padre.

—¿Dónde está enterrado tu padre? —le pregunté un día en el que me llevó a visitar el viejo cementerio de la ciudad de Kandy donde enterraban a los ingleses en la época colonial.

Caminaba delante de mí, se volvió y me miró extrañada.

—¿Mi padre?

—Me dijiste que lo habían matado los ingleses por apoyar las insurrecciones poco antes de la Independencia.

—Sí. Es verdad. Eso fue lo que dije. Esa fue la versión oficial durante mucho tiempo. Y lo sigue siendo para la mayoría de la gente.

—¿Tu padre no está muerto?

—No. —Se quedó callada unos segundos, como pensando qué es lo que iba a decir a continuación—. Es el hombre con el que me oíste discutir en Galle.

Y entonces, Sirim se sentó en una de las viejas tumbas para contarme una historia extraña.

—Mi padre no apoyó a los revolucionarios. Los traicionó. Él quería que los ingleses siguieran en la isla, con ellos hacía negocios que le proporcionaban mucho dinero. Un dinero del que toda la familia vivía muy bien. Cuando empezó a haber protestas en la plantación, fue a la guarnición británica y dio los nombres de los cabecillas. Los detuvieron en sus casas esa misma noche y nadie los volvió a ver. Sus familias y sus compañeros sospecharon de mi padre, que se las arregló para convencerlos de que él no había tenido nada que ver con el asunto. Yo era muy pequeña, pero recuerdo que nos marchamos de nuestra casa de las colinas en medio de la noche, y que tardamos dos días en llegar a Galle, donde estaba el hogar de mis abuelos. Allí nos refugiamos durante todos los disturbios. Cuando todo acabó y los ingleses se marcharon, mi padre quería dejar claro que él no había tenido que ver con las muertes de aquellos hombres, así que mi madre hizo creer a todo el mundo que mi padre había sido asesinado por los ingleses por haber ayudado a los insurrectos y por ser un elemento clave en las revueltas por la independencia.

—Pero no era verdad.

—No. Y a pesar de ello fue fácil convencerlos de que mi padre había sido un héroe.

—¿Y sigue viviendo en Galle?

—Vive en Londres con un pasaporte falso.

—Pero tú lo viste en Galle, ¿no?

—Yo me quedé tan sorprendida como lo estás tú ahora —titubeaba al hablar—. No pensaba encontrarlo allí. Hacía casi dos años que no lo veía, desde mi última visita a Londres justo después de terminar el colegio en Colombo. Por eso discutimos. Le dije que era muy peligroso venir a la isla. Todavía queda gente que lo puede reconocer y vengarse de él. Pero él insiste en querer quedarse. ¿Y sabes por qué?

—No.

—Dice que se está muriendo y que quiere dejar este mundo en su isla, no en una tierra extraña en la que solo hay niebla, y mujeres que visten con ropas tristes y oscuras.

Sirim se levantó y me abrazó. Aquello que me acababa de contar me parecía muy raro. Sirim me había mentido al decirme que su padre estaba muerto. ¿Y si ahora también me estaba mintiendo?

—¿Por qué no me lo contaste?

—¿El qué?

—Que tu padre estaba vivo.

—Tanto decirlo durante toda mi vida, a veces hasta yo me creo que está muerto. En cualquier caso, hoy es nuestro último día juntos. No vamos a dejar que su sombra nos estropee la tarde.

Me besó tan apasionadamente que casi me olvidé de la rocambolesca historia que acababa de escuchar, y de que estaba sobre la tierra sagrada de un cementerio.

Regresamos a su casa en Colombo ya a eso de la medianoche. A pesar de lo tarde que era, me invitó a pasar. Íbamos a estar meses sin vernos y creí que quería pasar conmigo el resto del tiempo que me quedaba antes de embarcarme al día siguiente.

—Espera un momento. Quiero pedirte de nuevo que le lleves una caja de té a mi padrino.

—¿Tu padrino no está con tu padre? —le pregunté.

—No se hablan desde los días de la Revolución, cuando mi padre nos dejó. Podía habernos pasado cualquier cosa a manos de los insurrectos. Nunca se lo perdonó. Fue él quien pensó que sería mejor convertirlo en un héroe muerto que en un polizón huido a Inglaterra. Pero él contaba con que mi madre y yo viajaríamos con él. No fue así. Mi padre dijo que para que todo el mundo creyera que estaba muerto, nosotras debíamos quedarnos en la isla. De lo contrario, todos pensarían que nos habíamos fugado. Además, alguien tenía que seguir haciéndose cargo de los negocios. Mi padre se escondió en un barco de la marina inglesa para escapar, y nos dejó a mi madre y a mí a merced de aquellos a los que había traicionado. Por supuesto, no todo el mundo se creyó la versión oficial, acerca de su ejecución a manos de los británicos. Sobrevivimos gracias a mi padrino. Por eso le tenemos tanta gratitud.

—¿Y por qué no os marchasteis después a Inglaterra?

—Me gusta vivir en mi tierra. Mis raíces están aquí.

—¿Y qué pasó después con tu padrino? También él se marchó.

—Tenía que hacerlo. Fue un periodo difícil, en el que muchos ingleses fueron asesinados o despojados de todas sus posesiones. Él se marchó para no volver. Le llevarás una caja también esta vez, ¿verdad?

Asentí y al poco rato bajó del piso de arriba con una cajita en forma de cubo, idéntica a la que me había dado meses atrás, con el lacre sellado con el emblema de la roca y el elefante.

La cogí y me marché. Sabía cuáles iban a ser mis movimientos: guardarla en el barco hasta llegar a Southampton y entregársela al hombre que viniera a buscarla.

Y así fue. La travesía fue más difícil que otras veces porque era otoño y nos acompañó el viento hasta que atravesamos el canal de Suez. Luego en el Atlántico, las cosas se volvieron a poner feas en cuanto dejamos las costas de Portugal y de Galicia para dirigirnos por fin a nuestro destino.

A la mañana siguiente de la llegada del barco, vi al hombre cuyo cuadro había estado contemplando en el salón de la casa de Galle. Vestía un traje negro, igual que el del retrato, y el mismo reloj de bolsillo. Bajé la escalerilla con la caja.

—He oído que habéis tenido muy mala mar durante todo el viaje —me dijo a modo de saludo, y me estrechó la mano, cosa que no había hecho la otra vez.

—Sí, señor. El capitán llegó a temer que perdiéramos el buque.

—Tu capitán sabe bien lo que hace —añadió como si lo conociera—. Vamos. Ponte una chaqueta. Te invito a una cerveza en el Red Lion.

Aquello no me lo esperaba. Suponía que me iba a tratar con la misma indiferencia que la primera vez, y en cambio, me hablaba como a un viejo socio. Subí a mi camarote y me puse la mejor chaqueta que tenía, una vieja y desgastada que había pertenecido a mi padre, y que me había regalado para mi primer viaje. Yo la usaba solo cuando bajábamos a tierra en algún lugar frío, como es Inglaterra en noviembre. Me miré en el espejo, y vi que necesitaba un buen corte de pelo, y que al lado de aquel hombre iba a parecer lo que era: un marino pobre recién llegado a puerto.

58

Caminamos hasta el Red Lion y el hombre pidió dos pintas sin preguntarme. Cuando nos las hubo colocado el camarero encima de la mesa, empezó a hablar.

—Me ha dicho mi ahijada que habéis estado viajando por la isla. Te tiene en gran estima, muchacho.

—Yo también a ella, señor.

—Sirim es como una hija para mí.

—Lo sé, señor. Me contó todo lo que usted las ayudó a su madre y a ella cuando desapareció su padre.

—¿Eso te ha dicho?

—Sí, señor —temí haber sido indiscreto.

—Su padre no se portó bien con los suyos. Pero es un buen hombre.

Mi concepto de buen hombre no pasaba por traicionar a sus trabajadores, sabiendo que su delación los iba a llevar a la muerte. Pero me callé.

—Fuimos muy amigos y lo seguimos siendo después de todo.

—¿Ya ha vuelto de Ceilán? —me atreví a preguntarle, aunque no entendía nada. Sirim me había dicho que los dos hombres no se hablaban.

—¿Volver?

—Sirim estuvo con él en Galle —le dije.

—¿Eso te contó? —repitió con las cejas arqueadas. Mi afirmación le había sorprendido.

—Sí, señor.

El hombre daba vueltas a la caja de té que había dejado sobre la mesa, al lado de su jarra de cerveza.

—Quien habló con ella en la casa de Galle fui yo. Su padre está en Londres muy enfermo desde hace meses. No puede siquiera salir a la calle, mucho menos hacer un viaje hasta Ceilán.

Estaba confundido, ¿por qué me había mentido Sirim de nuevo? ¿Qué se escondía tras sus grandes ojos verdes y sus palabras?

—Voy a menudo a la isla. Sigo teniendo negocios allí.

—Entonces... —dije mirando la caja. No entendía nada. Si acababa de ver a su padrino, ¿por qué me mandaba verlo con una pequeña caja de té? Nada tenía sentido—. El té que le manda Sirim conmigo...

—Muchacho, creo que eres muy inocente. —Me miró condescendiente mientras hablaba—. ¿De verdad crees que esta caja contiene solo unas cuantas hojas de té?

Me eché hacia atrás y apoyé mi cabeza en el respaldo de la silla. No podía creer que Sirim me estuviera engañando.

—Aquí dentro no hay solo té. Ni ahora ni la otra vez. ¿No te has dado cuenta de que esta cajita pesa más de lo que pesaría si fuera té lo único que contuviera?

Y no. No me había dado cuenta porque no se me había pasado por la cabeza siquiera la posibilidad de que Sirim me estuviera seduciendo para conseguir algo de mí.

—Has estado trayendo piedras preciosas, muchacho. Aquí dentro hay varios millones de libras esterlinas en zafiros, rubíes, granates, topacios y varios tipos de piedras más cuyos nombres tú ni siquiera conoces.

Me quedé tan helado que sentí que mi sangre dejaba de correr por mis venas. Sirim me había utilizado, y yo no me había enterado.

— ¿Por qué me cuenta todo esto? —le pregunté. Estaba enfadado y a punto estuve de darle un puñetazo—. Podría... podría ir a la policía ahora mismo y denunciarlo.

—¿Y quién te iba a creer? La policía te tomaría por lo que eres, un contrabandista, tal vez incluso pensarían que eras un ladrón que intentaba venderle piedras de Ceilán a un honrado comerciante de Londres. Sería mi palabra contra la tuya, y puedes estar seguro de que me creerían a mí. Si a esto añadimos todos los servicios que le has hecho a tu capitán para traficar con el marfil, la verdad es que tendrías todas las de perder, y acabarías en una cárcel inglesa durante muchos, muchos años. Tantos que cuando salieras tus padres ya estarían muertos.

Nunca en mi vida me había sentido tan mal. ¡Y sabía más de mí de lo que podía suponer!

—¿Y Sirim? ¿Cómo consiguió convencerla para hacer esto?

—Ella haría cualquier cosa por su padre y por mí.

—¿Y aquella discusión en Galle?

—Ella quería darte una caja mayor. Pero yo me negué. No me acababa de fiar de ti. Ahora veo que estaba equivocado, y que eres más honrado que ninguno de nosotros.

—Pero ¿por qué no trae usted las piedras preciosas directamente?

—A mí me controlan en las aduanas, tanto en Ceilán como aquí. Y si te preguntas cómo consigo certificados de garantía y de importación, te diré que el padre de Sirim es un falsificador excepcional. ¿Hay algo más que quieras saber, muchacho?

Y sí, quería saber muchas cosas, pero no me salían las palabras. Me bebí el resto de la cerveza de un trago y me levanté. No soportaba estar al lado de aquel hombre ni un minuto más.

—Recuerda que estás tan metido en esto como yo. Ni una palabra a nadie, o acabarás entre rejas. Ah, y dale las gracias por el té a Sirim de mi parte la próxima vez que la veas.

Me marché de allí lo más deprisa que pude. Vomité en una esquina de la calle, muy cerca del viejo castillo. Arañé las piedras hasta que me sangraron los dedos. En aquellos momentos me sentí como una marioneta a la que habían manejado a su antojo aquel hombre y la mujer de la que me había enamorado. La vida me pareció muy injusta y me quise morir. Llegué al barco y en cubierta me encontré con el capitán. Fumaba una pipa y llevaba su gorra de plato, a pesar de que era ya tarde y toda la tripulación estaba pasándoselo bien en la primera noche en tierra después de varias semanas.

—No pareces muy contento, Baltasar —me dijo.

—No lo estoy, mi capitán.

—¿Mal de amores?

—Más o menos —no estaba dispuesto a contarle mis desventuras.

—¿Un desengaño con una mujer?

—Más o menos —repetí.

—Te acostumbrarás —me dio una palmada en la espalda y me puso la pipa en las manos.

59

—¿Y lo hizo? ¿Se acostumbró? —le pregunta Fernando mientras toma extrañado entre sus manos la pipa que le acaba de acercar Baltasar.

—No. Nunca me acostumbré.

—¿Y volvió a verla?

—¿A quién?

—A Sirim.

—Oh, claro que la volví a ver.

Baltasar se levanta y pone una cacerola con agua a calentar.

—Hay que cocer los pulpos. Si no, estarán duros.

—¿Vamos a comernos los dos?

—Son pequeños, chaval. Y tú estás creciendo y tienes que alimentarte bien.

El viejo vuelve a sentarse. Coge la pipa que ha dejado el chico sobre la mesa y la vuelve a encender.

* * *

Regresamos directamente a Ceilán desde Inglaterra. Se acercaba el invierno y en esa estación los ingleses beben aún más té que el resto del año, así que teníamos previsto hacer varios viajes a la isla.

Cuando llegamos y tuve libre, no me encaminé a Cinnamon Gardens como las otras veces. Me fui a pasear al malecón, donde la había visto por primera vez. Me senté en el mismo banco. Eran las seis de la tarde y había un grupo de chicas vestidas de blanco, con el pelo recogido en trenzas, y descalzas. Exactamente como Sirim tres años atrás. Esperé la caída del sol allí sentado. En el trópico la noche llega mucho más deprisa que en nuestras latitudes.

Estar allí me traía recuerdos de todos los momentos hermosos que había vivido con Sirim, que eran todos. Solo las palabras de aquel hombre en Southampton me removían las tripas con respecto a ella. De pronto pensé: ¿y si había sido él quien me había mentido? ¿Y si no había ningún tráfico de piedras preciosas? ¿Y si me había contado todo aquello para desengañarme acerca del amor de Sirim porque consideraba que no estaba a la altura de ella ni de su familia?

Con ese pensamiento me levanté y eché a correr camino del barrio alto. Llovía a cántaros y no tenía paraguas, pero no me importaba mojarme. Iba a volver a ver a Sirim, que seguro que desmentía una a una las palabras de su padrino. Llegué empapado. Llamé y nadie me abrió. Volví a hacerlo. Tampoco. Llamé una tercera vez. Entonces se abrió el portón principal. Nadie me esperaba en el porche. Al cabo de un rato allí, salió el criado que ya conocía de otras veces.

—Vengo a ver a la señorita Sirim.

—La señorita Sirim no está.

—No me lo creo.

—Le digo que no está.

—Necesito verla y hablar con ella. Es muy importante.

Entonces oí una voz femenina que hablaba en cingalés, y el sirviente me dejó por fin pasar al interior de la casa.

—¿Quiere usted ver a mi hija? —Asentí—. Siéntese. Bajará enseguida. ¿Ha tenido usted un buen viaje?

—Sí, señora. Muchas gracias.

—Me alegro mucho. ¿Le apetece acompañarme a tomar el té? Justo ahora me lo iba a hacer servir.

—Será un placer, señora.

Mientras tomábamos el té en silencio, oí los pasos delicados e inconfundibles de Sirim, que se quedó de pie hasta que se levantó su madre de su butaca.

—Los dejaré solos. Le deseo un buen viaje de regreso, joven.

—Gracias. —Hice además de levantarme, pero la mano firme de la mujer sobre mi hombro me lo impidió.

Sirim se sentó en la butaca que había dejado libre su madre y se sirvió un té. Esta vez el servicio era blanco y azul, con un dibujo de flores y de pájaros que no olvidaré mientras viva.

—Creí que no te vería más —dijo por fin Sirim—. Mi padrino me contó vuestra conversación. No debería haberte contado nada. Debes de odiarme.

—Nunca te odiaría —le contesté, mientras acercaba mi mano a la suya, que ella retiró inmediatamente.

—No me malinterpretes —empezó a decir.

—Me has mentido desde el primer momento. Me contaste que tu padre estaba muerto. Luego que estaba en Galle. Me convertiste en traficante de piedras preciosas. Si me llegan a pillar con tus zafiros y tus topacios, a estas horas podría estar en la cárcel. Yo confiaba en ti.

—Y yo también en ti. Por eso hice lo que hice. Mi padre necesitaba ese dinero.

—No me cuentes más mentiras, por favor, Sirim. Tenéis negocios productivos y a tu padre en Londres no le falta el dinero, ni a ti ni a tu madre tampoco. Me habéis utilizado de una manera... —no encontraba la palabra—. No me lo merecía. De verdad que no me lo merecía. Yo te amaba. Te amo.

—Nunca me lo dijiste.

—¿Acaso no te lo demostré cada minuto? ¿Acaso no puedes leer en mi cara lo mucho que te quiero todavía?

—¿Y tú no leías en la mía que también te quería? Si no lo hubiera hecho, nunca te habría confiado nuestros secretos, ni nuestras piedras.

—Oh, vamos. Me tomaste por lo que realmente he sido: un imbécil enamorado que se tragaba todo lo que se le contaba. Un idiota al que le decían: «esta caja tiene té» y no se imaginaba otra cosa.

—No *volveré a hacerlo nunca más. Te lo pro-*
meto. *Esta mañana cuando fui al templo a hacer*
mis *ofrendas, le prometí a Buda que si volvía a ver-*
te, *no habría más envíos clandestinos de zafiros. Ni*
de *ninguna otra piedra. Y aquí estás.*
—Por *muy poco rato, Sirim. Me voy y no volve-*
rás *a verme.*

60

*M*e levanté para marcharme. Tenía los ojos llenos de lágrimas que no quería que ella viera. La seguía amando, pero no estaba dispuesto a dejarme embaucar otra vez por sus mentiras. Yo no era para ella nada más que un miembro de la casta más baja. Me había utilizado porque yo no significaba nada. Nada. Cualquiera de las flores con las que ofrendaba cada día a sus divinidades tenía más valor para ella que yo.

Entonces se levantó y abrió un mueble. Sacó de él una caja lacada en azul con dibujos que representaban elefantes, hombres y mujeres, todos ellos engalanados como para una fiesta en un jardín. Una caja que conoces muy bien porque la encontraste ayer en el contenedor.

Me la entregó sin dejar de mirarme.

—Dentro están las fotografías que hicimos durante los días en los que fuimos felices. Quiero que las conserves en esta caja, que me regaló mi abuela cuando era muy pequeña. En ella he guardado cartas, otras fotos, plumas, postales que mi padre y mi padrino me mandaban de Inglaterra cuando era niña... También algunas de aquellas piedras de colores con las que solía jugar a las canicas... Además de nuestras fotos encontrarás también el sello y el lacre que utilicé para cerrar las dos cajas que te entregué.

—¿Por qué me los das?

—Para que sepas que no los volveré a utilizar.

—Seguro que tienes más sellos, y que te pueden hacer tantos como necesites.

—Es un símbolo que te recordará que un día hice algo que no estuvo bien y que te podía haber complicado la vida. Quiero que recuerdes esas dos cosas de mí: que fuimos felices durante momentos muy hermosos, pero también que no soy la persona más adecuada para ti, de manera que tú tampoco lo eres para mí. Al darte esta caja, me despojo de un objeto que para mí es muy importante porque me lo regaló mi abuela, y a ella se lo regaló la suya. Yo ahora quiero que la tengas tú. Tú me regalaste un bolso que me compraste en América, y sobre todo, me regalaste un amor y una lealtad que nunca olvidaré. Yo te regalo esta caja de mi abuela. Acéptala, por favor. La mayoría de nuestros recuerdos son hermosos y siempre formarán parte de nuestra memoria.

—Me olvidarás en cuanto traspase esa puerta —dije.

—No lo haré.

Se acercó y me dio un último beso, que me llevé conmigo al barco, junto con aquella caja. Lloré mucho aquella noche en mi camastro del San Valentín de Berriochoa.

* * *

—¿Y no la volvió a ver? —le pregunta Fernando.

—No. Nunca.

—¿Y tampoco volvió a saber nada sobre ella?

—Jamás.

—¿No regresó a Ceilán?

—No. Cambié de barco y el nuevo no iba al Índico. Por eso me cambié de naviera. Elegí una que navegaba por el Atlántico y por el Pacífico. No volví nunca a Sri Lanka, a la antigua Ceilán.

—¿Y nunca ha querido saber qué fue en realidad de Sirim?

—He soñado muchas veces con ella. No la he borrado de mis pensamientos. Fue, y así será hasta el final, mi gran historia de amor. En todo este tiempo la he imaginado como me ha dado la real gana: en este faro, en el barco con su piel dorada y salada junto a la mía. He besado el recuerdo de sus besos miles de veces. Las olas me han traído su voz y el viento ha transportado sus palabras hasta mis oídos. No me obligues a querer saber la realidad. La realidad es una boca oscura e insaciable que devora y tritura los recuerdos. La verdad es otra cosa. Mi verdad es este faro, el mar, el barco, Escipión, La Dama, las damas...

Baltasar se levanta de su butaca a vigilar la cocción de los pulpos. Le echa un poco más de sal gorda y las burbujas del agua hirviendo le salpican ligeramente.

—El agua se hace cantarina cuando se le pone este tipo de sal. Ya casi están. Te vas a chupar los dedos, chaval. El pulpo *a feira* es lo mejor del mundo. El chico sonríe, se levanta y abraza al viejo. Hace años que nadie lo hace y se alegra de recibir un abrazo tan cerca del final. Piensa que al otro mundo se llevará también el recuerdo de los brazos del chico.

—Baltasar, es usted una persona extraordinaria. Lo sabe, ¿verdad?

—Te voy a decir lo mismo que les decía a mis compañeros de la tripulación del San Valentín de Berriochoa

—¿Qué les decía?

—¿Es que ya no te acuerdas? Les citaba el principio de *Moby Dick*, pero como ellos no lo habían leído, no entendían nada. Les decía: «Llamadme Ismael».

61

Por la mañana, Fernando recoge sus cosas en la mochila, que va a pesar más de lo que pesaba cuando la trajo. La sirena, los trozos de tela y la caja lacada con todo su contenido los deja en el fondo bien envueltos con su ropa sucia. Siente que se lleva consigo una parte de la vida de Baltasar, que conservará entre sus objetos más preciados. No ha vuelto a preguntarse por lo que se mueve dentro de la caja.

Tardará años en descubrirlo y lo hará por casualidad. Un día, la caja se caerá y dejará al descubierto un compartimento secreto. Cuando Fernando lo abra, verá que aquello que se movía no era ninguna pieza rota como ha creído durante mucho tiempo. El joven encontrará un saquito de seda lleno de piedras ovaladas y lisas del color de la luna. La casualidad querrá que en ese momento alguien encienda una luz y en las piedras se revelen las estrellas de seis puntas que llevan décadas escondidas en los zafiros. A Fernando le parecerá que en ese instante el universo nocturno está en sus manos. Fernando entenderá que, cuando Sirim se despidió definitivamente de Baltasar, le había regalado un tesoro que cualquier pirata de los que surcaron los mares en los siglos pasados habría codiciado. Un tesoro que el viejo nunca llegó a ver.

O tal vez sí.

Eso es algo que Fernando nunca sabrá.

Baltasar aguarda al chico en la puerta del faro. Le ha preparado un bocadillo de tortilla de patata para que coma durante el viaje.

—Muchas gracias, capitán —le dice.

—Creo que ya te he dicho que no me gusta que me llamen capitán. Más que nada porque no lo soy.

—Es el capitán de La Dama de Ceilán.

—Sí, eso sí —contesta—. Has sido una buena compañía estos días, chaval. Espero que no te olvides de este pobre viejo ni de la historia que te ha contado.

—No lo haré.

—Y guarda bien todo eso. A partir de ahora, eres tú el guardián de mis recuerdos. De los míos, de los del joven oficial al que mataron los piratas, y de los de la sirena que un día fue mascarón de proa en un barco nuevo que se creía invencible. Todos nos creemos invencibles hasta que dejamos de serlo.

El chico mira su reloj. Debe darse prisa. Tiene un largo camino antes de llegar al pueblo donde está la estación. Y su tren sale dentro de tres horas.

—Adiós, Baltasar. Cuídese mucho.

—Me cuidarán La Dama y el fantasma de Escipión. No te preocupes por mí.

Fernando se marcha y enseguida sale del recinto. Pasa por delante de los contenedores y no mira hacia atrás. No quiere ver cómo el viejo se va haciendo más y más pequeño mientras sigue de pie ante el faro, viendo cómo el muchacho se aleja. Al cabo de un rato de caminar sobre el acantilado, Fernando oye un motor. Es La Dama de Ceilán, que sale del muelle. El chico se detiene a mirar el barco. No ve a Baltasar, pero sabe que está en la cabina, con la gorra de capitán en la cabeza, y que está emprendiendo su último viaje. La embarcación se aleja cada vez más de la costa. El viejo no se dirige ni a la gruta ni a los lugares secretos donde solo él sabe que hay peces, pulpos y bueyes de mar. La Dama de Ceilán navega hacia el horizonte infinito, al lugar donde solo viven las sirenas, los espíritus de los muertos y los recuerdos.